KB081663

타로 읽어주는 남자

이 도서의 국립중앙도서관 출판예정도서목록(CIP)은 서지정보유통지원시스템 홈페이지(http://seoji.nl.go.kr)와 국가자료공동목록시스템(www.nl.go.kr/kolisnet)에서 이용하실 수 있습니다.(CIP 제어번호: CIP2015010785)

타로
읽어주는
남자
마음을 토닥이는
따뜻한 이야기
조민규 지음

prologue

/

어릴 때부터 사람들한테 무언가를 알리고, 창조하고 개척하는 것을 좋아했다. 20대 중반에는 오직 배우로의 성공만 바라보며 열심히 달렸다. 달리다가 넘어지면 일어나 새로운 작품을 만나기 위해 또 열심히 뛰었다. 앞만 보며 뛰다 보니 어느새 30대 중반이 되었고, 내 주머니에는 동전 몇 개만이 남아 있었다.

비참했다. 배우를 정말 하고 싶었지만 나의 배는 밥 달라고 졸라 댔다. 현실적으로 타산이 맞지 않는 도박을 하고 있는 것이었다. 셀 수 없는 아르바이트를 전전하며 생계를 이어 갔다. 어쩌면 주변 사람들에게 나는 배우라는 직업보다 '아르바이트하면서 사는 사람'으로 보였을지도 모른다.

그러던 중에 우연히 타로를 접하게 되었다. 본래 호기심이 많은 사람이고 워낙 많은 일과 아르바이트를 경험해 온 터라 어떤 일이든 두렵지는 않았다. 생계유지를 위해 그때는 뭐든지 해야 했고 아니, 꼭 해야만 하는 상황이었다. 어떤 일이든 죽기 살기로 할 자신이 있었다.

무작정 타로 공부를 시작했다. 로마 숫자도 모르는 상태에서 밤을 꼬박 새우며 매달렸다. 한 달, 두 달, 석 달이 지나자 점점 더 타로에 빠져들며 재미를 느끼게 되었다. 낮에는 배우로, 밤에는 타로 카운슬러로 제2의 인생을 시작했다.

지금도 첫 번째 상담과 첫 번째 일터가 생각난다. 떨리는 마음으로 상담을 마치고 들었던 "너무 좋았습니다."는 그 말이 지금까지 타로 카운슬러로 살게 만든 원동력이 되었다.

그 칭찬의 힘으로 내 인생이 바뀌었다고 생각한다. 그 후로 사람들을 만날 때나 타로 수업을 할 때 칭찬과 격려를 아끼지 않는다. 타로 상담은 나의 가치관과 생각까지 긍정적으로 바꾸어 주었다.

타로 카운슬러로 정신없이 달리다 보니 배우라는 직업은 깜박 잊고 있었다. 그 이유를 가만히 생각해 보았더니 타로 상담을 하며 내 삶에 매우 만족하고 있었다. 웃기도 하고 울기도 하며 사람들이 힘을 얻어 가는 모습을 보며 큰 보람을 느끼고 있었다.

생각해 보면 타로 상담은 배우의 일과 많이 흡사했다. 사람들을 직접 만나서 희로애락을 느끼고 전달하며, 그 속에서 보람을 찾는 것이 닮아 있기에 내 몸과 마음에서 어느새 받아들이고 있었던 것이다.

인생에 세 번의 기회가 온다는 말이 있듯이 어떤 일이든 그 기회를 놓치지 않고 노력하고 맞춰 간다면 행복과 행운이 꼭 따라올 것이라 믿는다.

사람들이 점점 더 타로에 대한 관심을 가지고 쉽게 받아들이고 있다는 걸 피부로 느낀다. 힘들고 지친 이들이 마음을 터놓고 위로를 받기위해 타로 카운슬러를 찾고 있다.

자신의 마음도 잘 모르고 답답할 때, 카드는 내 이야기를 오롯이 듣고 마음을 읽고 토닥여 준다. 자신도 몰랐던 내면의 이야기를 친구보다 더 잘 이해해주는 카드에 사람들은 어느새 마음의 문을 열고 카드가 들려주는 이야기에 귀를 기울인다. 카운슬러는 카드와 상담자 사이의 통역사가 된다.

타로를 샤머니즘으로 생각해 꺼리거나 어렵게 느끼는 사람들에게 실제 에피소드를 통해 타로가 쉽고 재미있다는 것을 알려주고 싶다.
타로에 대해 알고자 하는 사람들과 고민이 있는 이들에게 길잡이가 되고, 많은 사람들에게는 타로의 신비로움이 재미있게 전달되기를 바란다.

Thanks to

처음 책을 쓰기 위해 옆에서 길잡이를 해 준 동생이자 친구인 경호와
옆에서 응원해준 더스틴에게 고맙다는 말을 전하고 싶습니다.
또한 나의 트레이드마크인 말발굽 로고를 만들어준 민이형과
사진을 찍어준 진이, 항상 묵묵히 기도해 주는 가족들에게도
감사의 마음을 전합니다.
이 책이 무사히 나올 수 있었던 것은 많은 응원과 성원을 보내주신
용산 1기 선생님들과 모든 선생님들 덕분입니다.
고맙습니다.
끝으로 책을 만들어주신 도란도란의 관계자 여러분께도 고개 숙여 감사드립니다.
항상 열심히 하는 모습으로 보답하는 휘 조민규가 되겠습니다.
감사합니다.

차례

Part two 일, Work

Part three 건강과 기타, Etc.

마르세유 복수 카드와 호로스코프 벨린 카드의 만남

일반적으로 타로 카드는 한 세트가 총 78장이 되어야 정확한 상담을 할 수 있다. 카드 78장의 구성은 메이저 카드 22장과 마이너 카드 56장인데, 조민규의 타로는 좀 더 섬세한 답을 끌어내기 위해 약간의 변화를 주어 상담을 진행한다. 즉 메이저 카드 22장에 마이너 에이스 카드 4장을 더해 한 세트로 사용한다.

마르세유 카드를 복수 카드(3set)로 이용하고 호로스코프 벨린 카드(1set)를 보조로 같이 쓰고 있다. 다른 종류의 카드들과 차별화하기 위해 복수 카드 방법을 이용하고 있다.

메이저 카드 22장 + 마이너 에이스(팬타클 에이스, 에페 에이스, 바통 에이스, 컵 에이스) 4장 = 26장

이것을 3세트로 이용하는 복수 카드 방식을 택하고 있다.

26장(1set) × 3set = 78장

78장 안에는 한 종류의 카드가 세 장씩 들어 있어서 상담을 진행할 때 카드가 복수로 나올 수 있다. 복수 카드는 고급스럽고, 품위 있으며 답이 자세히 제시되어 상담이 매끄럽게 진행될 수 있다는 강점이 있다. 또한 암장이라는 답 카드를 수비학적으로 풀어서 보여 줄 수 있다는 커다란 장점을 가지고 있다. 더 정확하게 답을 유출하기 위해 보조 카드로 호로스코프 벨린 카드를 같이 사용하고 있다. 보조로 사용하는 호로스코프 벨린 카드는 총 53장

이기 때문에 메인 카드로는 사용할 수 없어서 보조 카드로만 이용한다.

타로 카드로 고민 풀기

이야기 시작하기에 앞서 타로 상담의 방법을 설명한다. 모든 상담의 사람과 질문은 다르지만 상담 방법은 동일합니다. 상담 방법을 머릿속에 그려 두고 이야기를 읽으면 조금 더 입체적으로 그려볼 수 있다(카드의 위치와 놓는 방법은 상대방의 시선으로 놓았다).

1 상대방에게 질문의 주제를 생각하고 마르세유 카드를 직접 섞어 세 장을 뽑게 한다. 뽑힌 카드는 왼쪽부터 순서대로 세 장을 놓는다.

첫 번째

두 번째

세 번째

선택된 카드(마르세유)

2 세 장을 뽑고 나머지 남은 마르세유 카드는 두고, 보조 카드인 호로스코프 벨린 카드를 똑같은 방법으로 세 장을 뽑게 한다. 뽑힌 호로스코프 벨린 카드는 마르세유 카드 아래쪽에 뽑힌 순서대로 놓는다.

첫 번째 두 번째 세 번째

선택된 카드(마르세유)

네 번째 다섯 번째 여섯 번째

보조 카드(호로스코프 벨린)

3 여섯 장을 그림처럼 놓고 마르세유 카드(과거와 현재 상황)를 설명한다. 카드를 뒤집을 때는 한 장씩, 그림을 정확히 볼 수 있도록 정방향으로 놓는다.

선택된 카드(마르세유)

보조 카드(호로스코프 벨린)

4 선택한 세 장의 마르세유 카드의 그림을 보고, 공식에 맞는 암장을 찾는다. 암장을 찾아 그림이 정방향으로 보이도록 순서대로 놓는다. 펼쳐진 그림들을 보고 연결해서 해석한다.

암장 카드(마르세유)

선택된 카드(마르세유)

보조 카드(호로스코프 벨린)

5 보조 카드인 호로스코프 벨린 카드도 마르세유와 같은 방식으로 정방향으로 보이도록 한 장씩 뒤집으면서 설명한다. 호로스코프 벨린 카드 세 장에 대한 설명이 끝난 후에는 완전히 마무리를 짓는다.

암장 카드(마르세유)

선택된 카드(마르세유)

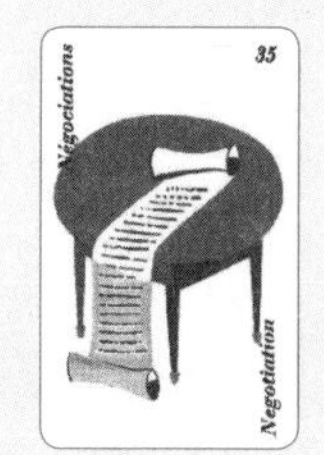

보조 카드(호로스코프 벨린)

Part one

사랑

Love

Episode 01

/

떠나려는 남자, 붙잡고 싶은 여자

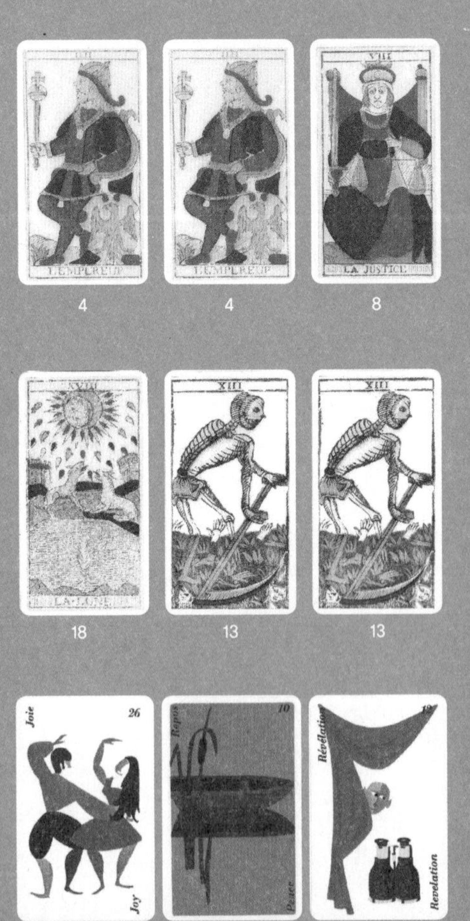

다시는 돌아오지 않을 사랑임을 알면서도, 누군가를 애타게 기다려 본 적이 나에게도 있었던가. 이따금 그런 생각에 빠질 때면, 으레 떠오르는 한 사람이 있다. 그날은 하루 종일 비가 내렸다. 50대 중반으로 보이는 여자가 상담실 문을 열고 들어온 때는, 여전히 비가 내리고 있던 늦은 저녁이었다. 그녀는 미처 물기를 털어 내지 않은 장대 우산을 한 손에 그대로 들고 있었다. 무엇이 그녀를 그리도 다급하게 만들었을까.

“그가 돌아올까요?

그녀는 의자에 엉덩이가 채 닿기도 전에 다짜고짜 나를 향해 물었다.
나는 언제나 그렇듯이 아무것도 되묻지 않았다. 그가 누구인지, 그녀와는 어떤 관계인지 굳이 물어볼 필요는 없었다. 그녀가 고르게 될 카드 속에 그녀와 그의 이야기가 들어 있을 것이기 때문이다. 다만 그녀가 말하는 ‘그’가 연인이라는 느낌만 간직한 채 카드를 보기로 한다.

“ 주제를 생각하시고 이 노란색 카드를 집중해서 섞은 다음 느낌 가는 대로 세 장을 뽑아 주세요.

그녀는 나의 지시대로 마르세유 카드 세 장을 조심스럽게 뽑아 건네주었다. 나는 이어서 호로스코프 벨린 카드 묶음을 그녀 앞으로 내밀었다.

“ 이 작은 카드도 똑같이 집중해서 세 장을 뽑아 주시면 됩니다.

진지하게 카드를 고르는 그녀의 얼굴에는 떠나간 사람을 다시 찾고 싶은 간절함이 묻어 있었다. 나는 그녀가 카드에 집중할 수 있도록 아무 말 없이 그 모습을 잠자코 바라보며 잠시 기다려 주었다.
그녀가 선택하는 카드는 두 종류가 있는데 메인 카드로 마르세유 카드 세 장, 보조 카드로 호로스코프 벨린 카드 세 장을 뽑게 된다. 이렇게 여섯 장의 카드를 테이블 위에 덮어 놓은 채 상담을 시작한다.
곧 그녀가 선택한 카드들이 앞에 놓인다. 이 안에 그녀가 원하는 대답이 들어 있을까? 이 순간은 언제나 긴장이 된다.
이제 마르세유 카드를 한 장씩 열어 보이며 카드가 말해 주는 현재 상황을 설명한다. 그전에 이 카드의 역할을 알려 주고 시작한다.

“ 이 세 장의 노란색 카드는 아직 답은 아니고 현재 상황과 과거를 읽어 드리는 것입니다. K님과 그분이 어떤 성향을 지녔고 지금 어떤 상태인지 말해 주는 것입니다. 자, 그럼 지금부터 두 분의 현재 상황을 보겠습니다.

그녀는 아무 말 없이 다음 말을 기다렸다. 나는 그녀의 불안한 시선을 느끼며 첫 번째 카드를 열어 보았다.

마르세유 첫 카드는 18번 카드였다. 전반적으로 어둡고 불확실한 느낌을 주는 카드다. 이 자리에 놓인 카드는 대개 본인의 성격과 현재 상황을 알려 준다고 보는데 벌써부터 느낌이 썩 좋지 않다.

나는 그녀가 현재 처해 있는 상황과 마음 상태를 가볍게 짚어 준다는 느낌으로 상담을 시작했다.

> 현재 상황이 좀 불안하신 것 같습니다. 어두워 보이기도 하고요. 꼭 사랑뿐만이 아니라 일상생활에서 좀 힘든 상태이신 것 같아요. 불면증도 들어올 수 있고, 생각이 많아져서 정신적으로 힘든 상태라고 말해 주는 것 같습니다.

다음으로 마르세유 두 번째 카드는 13번 카드였다. 이미 모든 상황이 결정이 나 있는 듯한 느낌이었다. 카드를 보면서 그녀의 인생이 평범하게 흘러오지 않은 것 같이 느껴졌다. 그러나 여기서 성급하게 결론을 내려서는 안 된다. 아직까지는 답이 아니고 현재 상황이기 때문이다. 최대한 말을 부드럽게 다듬으며 이야기했다.

> 카드를 열어 본 저의 느낌을 감히 말씀드리자면, 삶이 평탄하지만은 않으셨던 것 같습니다. 애정도 많이 불안하셨던 것으로 느껴지고요. 상대되시는 분도 마찬가지로 평범하시지는 않았을 것 같고, 상황이 많이 꼬여서 힘든 모습으로 보이고 있습니다.

세 번째 카드로 또다시 13번 카드가 선택되었다. 카드가 복수로 나올 때는 그 카드가 의미하는 바가 더 깊은 것으로 해석할 수 있다. 이번의 경우 13번 카드가 두 번 연속으로 나왔다는 것은, 그녀와 그의 관계가 생각보다 아주 많이 힘들었음을 암시해 주는 것이라고 볼 수 있다.

> 똑같은 카드가 연속으로 나왔습니다. 여기까지 봐서는, 두 분께서 자연스럽고 행복하게 흘러온 합은 아닌 것 같습니다. 두 분은 많이 노력하면서 맞춰 가야지만 유지될 수 있는 관계라고 카드에서 보여 주고 있네요. 정리해 드리자면 과거와 현재 상황은 조금 불안해 보입니다. 그리고 미래가 어떻게 변화되는지 말씀드리려면 암장 카드를 열어 봐야 합니다.

이제 그녀가 기다리는 질문의 답을 열어 볼 차례다.
내가 쓰는 카드들은 숫자가 있어서, 이를 일정한 공식에 따라 풀어내면 답 카드가 나온다. 이는 보다 깊이 있고 품격 있는 상담을 진행할 수 있고 자세한 답이 나온다는 장점이 있다. 암장 카드는 한 번에 찾아서 전부 오픈한 상태에서 설명을 한다.
그녀는 많이 불안한지 입술을 물어뜯으며 암장을 찾는 내 손을 바라보고 있었다. 카드를 찾는 내 마음도 조금 조급해졌다.

> 암장 카드는요, K님께서 직접 뽑은 이 세 장의 숫자를 다 더해서 수비학적으로 풀어서 답을 열어 드리는 것입니다. 제가 카드를 찾는 동안 잠시만 기다려 주세요.

암장 카드를 하나씩 뽑아, 차례차례 테이블 위에 올려놓았다. 그녀는 가지런히 놓인 세 장의 카드를 가만히 응시했다.
암장은 여러 장이 나올 수도 있고, 하나도 안 나오는 경우도 있다. 그때 그때의 마르세유 선택에 따라 달라지는 것이다. 이번에는 암장 카드가 세 장이 나왔다. 세 장의 카드 중에서 두 장의 카드가 중복되어 나오고 있었다. '남자'를 의미하는 4번 카드였다. '남자 카드가 두 장이라…….' 질문이 남녀 애정 문제이기 때문에 직관적으로 그녀에게 두 명의 남자가 있다는 생각이 머리를 스쳤다.

게다가 첫 번째 4번 카드 바로 밑에는 '가정'을 의미하는 18번 카드, 다른 4번 카드 밑에는 힘든 상황을 나타내 주는 13번 카드가 있었다. 13번 카드는 사람으로서는 최악의 상태까지 읽을 수 있는 카드다. 카드를 볼 때는 가로를 읽는 것도 중요하지만, 세로로 배열되어 있는 카드들을 함께 살피는 것이 아주 중요하다. 거기에서 많은 숨은 이야기가 드러나곤 한다.

암장 세 번째 8번 카드는 '결정을 내려야 할 시기'라고 말해 주고 있었다. 8번 카드 밑에 13번 카드가 있기 때문에 벌써 결정이 난 것이라고 볼 수도 있었다. 그러나 미래에 대해 단정적으로 결론을 내리며 재촉하는 건 그녀에게 무의미하다는 생각이 들었다. 그보다 앞으로 어떻게 나아가는 것이 좋을지를 함께 고민해 주는 것이 옳은 상담일 것이다.

나는 타로를 인생의 길잡이라고 생각한다. 결론이 좋다, 나쁘다, 된다, 안 된다로 끝나는 타로는 나를 찾아오는 사람들이 궁극적으로 찾는 진실이 아니라고 본다. 어쩌면 그녀가 원하는 것도 단순한 정답을 듣는 것이 아니라, 진심을 이야기하고 싶은 것일 수도 있겠다고 생각했다.

먼저 카드에 엿보인 내용을 이야기하기 시작했다.

"……왠지 K님께는 그분 말고 또 다른 분이 계실 수도 있다고 카드가 보여 주고 있습니다. 지금 머릿속에 떠오르는 다른 분이 있으실 것 같은데요……. 그런데 한 분은 가정이 있는 것으로 보이고, 다른 한 분은 정상적인 생활이 어려운 것으로 보여요. 그래서 그런지 전체적으로 그분들하고는 애정이 순탄치 않은 것으로 나오고 있습니다.

이제 그녀가 궁금해 하는 질문에 답을 주어야 한다.
'그가 돌아올까요?'
그에 대해서는 카드가 말하는 진실 그대로를 이야기해야 하지만 그녀의 인생을 단지 남의 것이라고 여기면 그 진실은 온전히 전달되지 않는다. 가장 소중한 친구로 생각하며 그 답을 들려주어야만 한다.

K님께서는 '그가 돌아올까요?'라고 질문을 주셨습니다. 그런데 카드 내용으로 보면 시원하게 '네'라고 말씀드릴 수는 없겠어요. 여기 8번 카드에서는 칼을 들고 있는 모습이 보이는데요, 두 분은 아마도 이미 금이 간 상태인 것 같습니다. 유리 잔에 금이 가기 시작하면 더 이상 물을 담을 수 없듯이, 남녀 관계도 마찬가지라고 생각해요. 늘 불안하고 흔들리며 힘겹게 가야 하겠죠.

그녀가 원하는 답이 아니었기 때문에 상담을 진행하는 내 마음도 무거웠다. 그녀의 얼굴에서는 깊은 슬픔이 느껴졌다. 그 마음을 무엇으로 위로해 줄 수 있을까. 카운슬러로서 이럴 때가 가장 힘든 순간이다.
이제 그녀가 선택해 두었던 나머지 카드들을 열어 보아야 한다. 거기에 어떤 충고나 운이 남아 있을지도 모른다.

보조 카드까지 열어 봐야 완벽한 결론을 말씀드리겠지만, 암장 카드까지 봐서는 K님께서 원하는 답이 나오지는 않고 있어요. 그럼 이제 보조 카드에서는 어떤 암시를 주는지, 한 장씩 열면서 마무리해 드리겠습니다.

아쉽지만 이렇게 답을 정리하며 나머지 세 장의 카드로 시선을 옮겼다. 호로스코프 벨린 카드는 메인은 아니지만 먼저 보여진 위의 카드들을 보조해 주는 역할을 하고, 앞서 살펴본 상황들을 더욱 깊이 있게 해석해 준다. 이 또한 다른 카드들과 마찬가지로 가로로만 보는 것보다 세로로도 보는 것이 도움이 된다.

첫 번째 호로스코프 벨린은 다소 당황스러운 결과였다. '즐거움'을 의미하는 카드가 나온 것이다. 곧 모든 상황이 맞아떨어짐을 알 수 있었다. 세로로 나열된 카드는 4번 카드와 18번 카드. 평범하지 않을 것으로 보였던 그 남자에게 가정은 즐거운 곳이라는 의미였다. 어쩌면 그녀와의 관계를 괴로워했는지도 모른다. 결국 그의 마음은 이미 떠났다고 볼 수 있었다. 이런 확신을 가지고 보조 카드의 의미를 풀어 드렸다.

“ 그분이 평범한 상황은 아닐 것 같다고 말씀드렸는데요, 가정이 있거나 또는 그분 옆에 누군가 있을 것 같았어요. 그런데 지금 이 보조 카드에서는 그분이 다른 곳에서 잘 적응하고 있다고 나오고 있네요. 그러니 다시 돌아올 것을 기대하기는 어려울 듯합니다.

두 번째 카드를 열어 보니 의외로 '안정'을 뜻하는 배 카드가 나왔다. 세로로 읽으면 이는 다른 남자의 상황을 알려 주고 있다고 볼 수 있었다. 마르세유에서는 아주 안 좋은 상황으로 읽히던 그가 보조 카드에서는 편안하게 안정을 취하는 모습이었다.

“ 또 다른 남자는 왠지 생각보다 편하게 지내고 계시는 것 같네요.

그녀는 알 수 없는 표정을 지었다.
마지막 카드는 호기심을 의미하는 카드였다. 날마다 창밖만 내다보고 있는 그녀의 모습이 그려졌다. 이제 전체적으로 상담을 정리하며 방향을 제시했다.

> K님, 이제 정리를 해 드리겠습니다. 안타깝게도 그분은 돌아오지 않는다고 나왔어요. 그리고 이 마지막 카드에서 그러네요. 이제 창밖을 바라보는 건 그만하시고 지금은 자기 자신을 돌볼 때라고요. 본인의 인생과 행복을 돌아볼 시간이 필요하신 것 같아요. 당장은 힘들겠지만, 다시 찾아올 새로운 사랑을 꿈꾸며 사시길 바랄게요.

내 말이 끝나자 그녀는 힘없이 입을 열었다.
"그 사람하고는 10년 정도 동거를 해 왔어요. 같이 살면서 좋을 때보다는 싸울 때가 더 많았어요."
이야기를 들어 보니 그녀는 그동안 너무 힘들게 산 듯 했다. 그녀는 한숨을 쉬며 계속해서 안타까운 사정을 털어놓았다.
"그 다른 남자는, 아마도 전 남편을 말씀하시는 것 같아요. 지금은 하늘나라에 있어요."
이 말을 하며 그녀는 참았던 눈물을 보였다. 왜 이리도 힘든 인생을 살아야 했을까. 순간 마음 한구석이 찡해졌다. 그녀의 이야기를 오랫동안 진심을 다해 들었다. 가끔은 이렇게 아무 말 없이 들어주는 것이 내가 할 수 있는 최선의 상담 방법이다.
"그 사람은 가정이 있는 사람이었어요. 제 생각에도 그 집으로 다시 돌아간 것 같아요. 싸울 때마다 가정이 그립다는 말을 자주 했거든요. 이제 다시 돌아오지는 않을 것 같아요. 그래도 미련이 남았어요. 누군가가 차라리 안된다고 말해 주면 오히려 마음이 편할 것 같았고요……. 저는 남자 복이 없는 것 같아요. 이제 내 인생에 남자는 없다고 생각하고 있어요."

그렇게 한참 동안 눈물을 비치던 그녀의 모습에 가슴이 아팠다.

그 이후로도 그녀는 종종 나를 찾아와 이런저런 상담을 하며 삶의 방향을 잡아가곤 했다. 다행스러운 건 워낙 튼튼한 사람이어서 조금만 마음을 추스르면 얼마든지 활기차게 인생을 살아갈수 있을 것 같았다. 스스로 더 이상 남자는 만나지 않겠다고 말했지만, 그래도 또 다른 사랑이 찾아와 행복하게 지냈으면 하는 바람이다.

안타까운 사연을 접하게 되면 마음 한구석이 텅 빈 것처럼 쓸쓸해지고, 그 감정에서 헤어 나오는 데 조금 시간이 걸린다. 상담 후에도 한참 동안 사무실에 혼자 앉아 생각에 잠겨 있었다. 사랑이 뭔지, 이 두 글자가 나를 참으로 어렵게 했다.

Episode 02

/

착한 남자, 나쁜 여자

20

2

17

3

컵

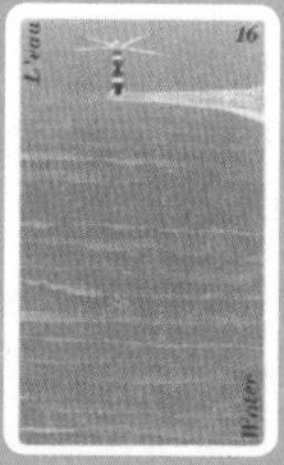

등대

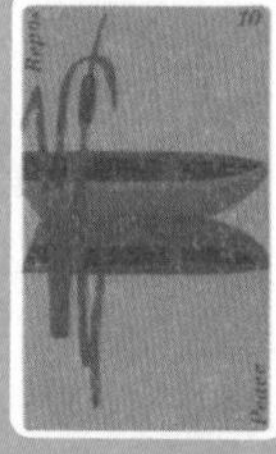

배

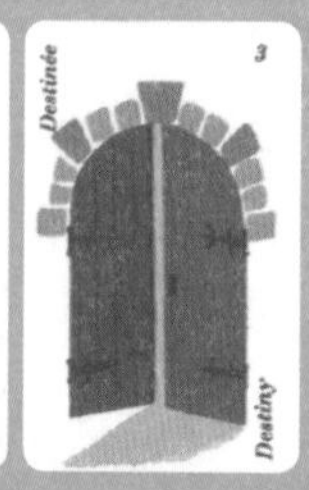

문

타로 상담을 시작하면서

찾아온 변화 중에 하나는 연애에 대해 더 깊이 생각해보게 되었다는 것이다. 나도 사랑을 해 보았고 그 때문에 힘들고 상처받은 적도 있지만, 이렇게 많은 사람들로부터 각양각색의 연애 고민을 듣다 보니 사랑이라는 무게가 남다르게 느껴진다.

나의 지나간 사랑을 다시 한 번 돌아 보게 하는 사람들도 있다. 사랑에 상처받은 사람들을 만나면 예전의 내가 생각나기도 하고, 때로는 그때 그녀에게 이렇게 저렇게 했어야 하는데 하는 후회가 마음속에 스며들기도 한다.

예전에는 연애를 할 때 밀고 당기는 건 내 성격에 맞지 않다고 생각했다. 좋으면 좋고, 싫으면 싫다고 말하는 게 내 방식이었다. 그러나 사랑은 그렇게 단순하지만은 않은 것 같다.

어느 날, 착하고 성실하게 보이는 남자가 혼자서 상담실로 저벅저벅 들어왔다. 20대 후반쯤으로 보이는 그는 외모와 말투가 반듯하여 누구에게나 호감을 주는 인상이었다.

연애 관련 상담이라는 건 전화 통화로 이미 알고 있었지만 어떤 고민인지는 자세히 듣지 않았다. 그저 한창 연애 중인 평범한 젊은 남자로 보일 뿐이었다. 나는 그를 자리로 안내하고 편안하게 상담을 시작했다. 자리에 앉자 그는 조금 망설이는 듯한 목소리로 질문을 던졌다.

" 저, 만나고 있는 여자친구가 있는데요, 궁합을 한번 보고 싶습니다.

타로 상담실이 그에게는 낯선 장소인 듯 어색한 표정을 짓기도 했다.
그의 굳어있는 마음의 근육을 풀어주기 위해 타로에서의 애정 궁합은 둘의 성격이나 감정의 흐름을 통해 현재 상황을 살펴보고, 앞으로 두 사람이 어떻게 관계를 발전시켜 나갈지 답을 찾아 가는 과정이라는 설명을 했다.
사전 설명과 가벼운 웃음을 교환하며 긴장을 푼 후에 본격적인 상담에 들어갔다.

" 여자친구하고 궁합이 궁금하다고 하셨는데요, 그 질문을 생각하시고 집중해서 카드를 잘 섞어 주세요. 화투처럼 섞어도 되고요, 이렇게 옆으로 섞으셔도 됩니다.

카드 섞는 방법을 직접 보이면서 설명한 후 카드를 건넸다. 그리고 여느 때처럼 질문에 집중하면서 세 장을 뽑아 달라고 이야기했다.
그는 첫인상처럼 카드도 성실하게 잘 섞은 후 하나씩 뽑아 나에게 주었다.
그리고 테이블 위에 가지런히 카드를 올려놓는 내 손을 신기한 듯 바라보았다.
궁합을 볼 때는 반드시 마르세유 카드에서 본인과 상대방이 나와야 한다.
보통 첫 카드를 본인으로 여기고 다음 카드를 상대로 생각한다. 그렇게 메인 카드 세 장에서 두 사람의 성격이나 전반적인 상황 등을 살펴본 후에,

답 카드를 통해 궁합이 잘 맞는지 어떤 지를 해석하면 된다. 그때그때의 카드에 따라 변수는 있지만 대개는 이런 흐름으로 상담을 진행한다.

" 자, 먼저 이 세 장의 카드는요. 현재 상황입니다. 아직 답은 아니고요, 과거나 현재 모습이 나올 거예요. 그럼 지금부터 천천히 말씀드리겠습니다.

첫 번째 마르세유 카드부터 조심스럽게 하나씩 열어 보았다.
마르세유 첫 카드는 17번 카드였다. 앞에서 말했듯이 첫 장의 카드는 질문자의 성향이나 상황을 말해 준다고 볼 수 있는데, 이 카드를 보면서 받은 느낌은 '이 분 정말 착한 분이신가 보다.' 라는 것이었다.
17번 카드의 매뉴얼 중에는 '헌신', '봉사'가 있다. 그의 성향 자체가 그렇겠지만 아마도 여자친구를 대하는 태도 역시 많이 맞춰 주고 헌신하는 스타일일 것이다. 외모로 미리 판단을 내리는 것은 금물이다. 하지만 남자의 얼굴에서 풍기는 이미지도 반듯하고 선해 보여서 더욱 그런 생각이 들었다.
첫 카드에 대해 이야기를 시작했다. 우선 대화를 열어 가는 느낌으로, 그의 성격에 대해 가볍게 언급을 했다.

" H님께서는 연애를 할 때나 다른 사람들을 대할 때나 늘 상대를 배려하는 성격을 갖고 있는 것 같습니다. 이 첫 번째 카드는 헌신을 의미하는 카드입니다. 나중에 결혼하면 아주 가정적이고 좋은 남편이 되실 것 같아요.

그도 호응하며 빙그레 웃어 주었다.
다음으로는 3번 카드가 나왔다. 이 카드에는 '여왕'이라는 뜻과 더불어 '자존심'이라는 뜻이 있다. 누구에게 맞춰 주거나 굽히지 않고 자기주장이 강한 사람으로 해석할 수 있는 카드다. 그의 여자친구는 똑 부러지고 강한 성격을 지닌 여자인 듯했다. 두 카드가 상반된 이미지를 주고 있어 인상적이었다.

> 여왕 카드네요. 당당하고 자기표현을 잘하는 성격으로 해석되는 카드입니다. 여자친구분은 멋있는 현대여성으로 느껴지네요. 그런데 연애를 할 때는 자존심이 강할 것 같고 고집도 세보여서, 상대한테 애정표현을 많이 해 준다든가 져 준다든가 하는 스타일하고는 거리가 멀게 느껴집니다.

그는 여전히 별다른 말은 하지 않고 내 이야기에 귀를 기울이고 있었다.

세 번째 카드에서는 컵 카드가 선택되었다. 컵 카드의 그림을 해석하자면, 물이 담겨 있는 컵에 금이 가서 물이 새어 나가고 있는 모양이다. 이 카드는 전반적으로 차가운 인상을 준다. 그러므로 궁합을 볼 때는 좋은 궁합이라 볼 수 없다. 앞의 두 카드가 상반된 느낌이고, 마지막 카드는 '깨짐', '불안감'이라는 매뉴얼을 갖고 있다. 나열된 카드를 통해 그들의 관계가 부드럽지 않을 거라는 생각이 들고 있었다.

> 음, 두 분 현재 상황을 보면, 약간 감정들이 출렁출렁거릴 것 같아요. 부딪칠 수 있다는 것이 보입니다. 누구 성격의 문제가 아니고, 사람 사이는 궁합이 중요하다고 생각합니다. 잘 맞는 사람이 있고 힘들게 맞춰 가야 하는 사람이 있지요. 특히 애정 문제에서는 더 그렇고요. 세 번째 카드는 두 분의 불안한 관계를 보여주고 있는 것 같아요. 일단 현재 상황은 그렇게 나옵니다. 좀 더 깊고 자세한 내용은 H님께서 선택하신 세 장의 카드를 다 더해서 수비학적으로 풀어서 답을 열어 드리겠습니다.

암장 카드를 하나씩 뽑아 그의 앞에 내려놓았다. 이 연애에 관해서는 어떤 답이 기다리고 있을까?

암장 카드는 20번과 2번 두 장의 카드가 나왔다. 이번 암장에서 확실한 해답을 얻기 위해서는 역시 카드를 읽을 때 가로, 세로 방향을 다 보아야 한다.

20번 카드는 적극적이며 상대와 소통하려 한다는 의미를 갖는다. 이 카드와 아래 17번 카드를 세로로 읽으면, 17번인 마르세유 카드에서 노력하고 맞춰 가려고 하는 사람은 남자로 해석되기 때문에 20번 암장은 남자 쪽으로 봐야 할 것이다.

옆의 2번 카드를 연결해서 보면, 애정이 발전돼서 업그레이드 되는 것이 아니라 정체되는 느낌이 든다. 2번 카드의 애정 매뉴얼에는 '발전 없는 그저 그런 사이'가 있기에, 앞으로의 둘의 애정은 답답하다는 것이다. 특히 여자친구의 노력은 없어 보였다. 여기서 2번 카드 자체가 여자이기 때문에 여자로 해석해야 흐름이 맞다.

암장에서 이렇게 나왔다는 것은 노력을 많이 해야 된다는 의미다. 한쪽에서만이 아니라 둘이 함께 하는 노력이 많이 필요하다는 뜻이다. 암장의 의미를 풀어 주며 두 사람의 관계에 대해 조심스럽게 이야기를 꺼냈다.

“답 카드를 열어 보니까 두 분의 관계는 발전되는 것이 아니고 정체되어 있는 느낌이 들어요. 한쪽에서만 일방적으로 노력을 하는 것 같아서, 그 노력이 결실을 맺지 못하고 있는 듯 보이네요. 모든 연인들이 서로에게 맞춰 가는 과정을 거치지만 그것이 길어지고 평행선만 유지해 가면 언젠가는 지치게 될 거예요.

암장 카드를 열어 본 후에는 어느 정도 실마리를 제공할 수 있다. 두 사람의 연애가 앞으로 어떻게 흘러가는지, 무엇을 주의하고 고민해 봐야 하는

지를 이야기해야 한다. 마르세유 전체적인 상황을 종합적으로 해석해 해결책을 제시해 주는 것도 필요하다. 지금 이 카드들은 두 사람이 지금보다 더 많은 노력을 하지 않는다면 힘들다는 것을 말해 주고 있었다.

“제가 볼 때 여자친구는 애교가 많거나 다정한 모습은 아니라고 나옵니다. 자존심도 세서 연애 시간이 길어진다면 상대방은 지칠 수 있을 것 같습니다. 물론 남자가 더 부드러운 성격을 가질 수도 있겠지만, 일방적으로 한쪽에서만 노력하고 끌고 간다면 애정은 점점 지쳐 간다는 것입니다. 그러다 보면 애정에 분명 문제가 생기게 될 것입니다. 이 상태가 길어진다면 솔직하게 말씀드려서 이별수도 보이겠죠. 지금 필요한 것은 여자친구분의 노력인 것 같습니다. 더 자세한 미래는 나머지 보조 카드를 열어 봐야 정확히 나오겠지만 여기까지의 흐름은 좋은 결과는 아니네요. 두 분에게 어떤 운이 남아 있는지 나머지 보조 카드들을 보고 정리해 드리겠습니다.

첫 번째로는 등대 카드가 선택되었다. 이 카드는 빛은 비춰 주고 있으나 시간이 걸린다는 뜻이다. 좋은 방향으로 빨리 흘러가려면 세로로 연결된 마르세유 카드가 긍정적으로 나와야 하고, 만약 반대로 마르세유 카드가 부정적으로 나왔다면 어영부영 시간만 잡아먹다가 결론은 안 좋아진다는 뜻으로 해석된다. 호로스코프 벨린의 첫 느낌도 둘의 애정 관계는 그저 똑같이 유지하고만 있는 모습이었다. 발전 없는 평온함이랄까.

“H님, 보조 카드를 보면요, 여기 이 카드에서도 미래지향적인 단단한 애정의 빛은 약해 보여서 희망적인 말을 해 주기는 어렵네요. 그러나 아직 이별은 아니고 한 줄기 희망은 있어 보여요. 지금은 만나고 있는 중이라서 그런지 기본 궁합은 좋겠지만, 만들어 가는 궁합이 힘들어 보인다는 뜻입니다.

두 번째 카드에서도 정열적인 느낌이 아닌 잔잔한 카드만 계속 나오는 것이었다. 배 카드도 두 가지 뜻이 있다. 궁합이 정말 잘 맞든지, 아니면 발전 없는 상태로 유지된다는 것이다. 위 카드들과 연계하여 생각하면 여기서는 발전 없는 상태로 간다는 뜻으로 봐야 맞을 것이다.

“배 그림처럼 여유를 부리고 계속 노력이 없다면 아마도 두 분의 관계는 쉽지 않을 것입니다.

마지막은 문 카드였다. 이것은 그 위에 있는 마르세유 컵 카드의 영향으로 궁합이 열리다가 멈추는 것으로 보였다. 문이 활짝 열려야 사람이든 애정이든 그 문을 통과할 텐데, 컵 카드 때문에 애정은 저 상태로 열리다가 정지될 것 같았다.
호로스코프 벨린 카드에서는 두 사람 애정의 결과를 보여 주는 듯했다. 손뼉을 치고 싶은데 한쪽 손이 말을 안 들어 소리가 안 나는 답답함. 서로의 가슴이 함께 떨리지 않고 한쪽에서만 열심히 두드리는 모습. 이런 상태가 길어진다는 건 두 사람이 결혼 궁합은 아니라는 얘기였다. 안타깝지만 그에게 카드의 의미를 알려야 한다.

“세 번째 그림처럼, H님께서 사랑의 문을 열었지만 이 문은 혼자 열고 유지하기에는 역부족입니다. 상대도 같이 힘을 보태야 하는데, 처음에 말씀드렸듯이 여자친구분은 자신의 생각이 강하고 H님께 맞춰 주려는 모습은 보이지 않기 때문에 이 문은 이 이상으로 열릴 것 같지가 않네요. H님께서도 아마 사귀면서 발전 없는 애정이라는 것을 느끼셨을 겁니다. 답답해서 속으로 끙끙 앓았을 것 같네요. 결론은 미래, 즉 결혼 궁합은 아닌 것 같습니다. 그래서 저의 어드바이스는 지금 당장 미래를 결정짓지 말고 천천히, 만나면서 H님께서 좀 더 주도적으로 관계를 이끌어 가야 한다는 것입니다. 좀 정리가 되셨나요?

그는 약간 복잡한 얼굴로 내 이야기를 듣다가 이렇게 말했다.
"제가 남자니까 처음엔 여자친구가 하자는 대로 다 해 줬어요. 많이 맞춰 주고 양보도 하고……. 그런데 그런 시간이 길어지니까 이제 저도 좀 힘드네요."
여자친구와는 1년 남짓 만났는데 워낙 예쁘고 세련돼서 첫눈에 반한 모양이었다. 그의 여자친구는 정말 자기주장이 강한 성격이라고 했다. 그래도 처음 사귈 때는 뭐든지 다 좋아 보였는데 점점 감당하기가 힘들어진 듯했다. 그래도 그는 여자친구와의 결혼을 꿈꾸었지만 시간이 갈수록 그녀에게서 부드럽고 여성스러운 면을 찾을 수가 없어 최근 들어 고민이 커졌다고 했다. 나는 어느새 연애 카운슬러가 되어 그와 허심탄회하게 이야기를 주고받게 되었다.

“기본 궁합은 정말 중요하지만 만들어 가는 궁합도 아주 중요해요. 서로 만들어 가지 못한다면 어떤 연애라도 승산은 없는 것 같아요. 사랑은 혼자 하는 게 아니니까요. 무조건 착한 남자가 되려고만 노력하지 마시고요, 여자친구분이 H님께 맞춰 오도록 좀 더 남자답게 리드하는 모습을 보여 주셔야 할 것 같아요. 연애할 땐 과감한 행동이 도움이 될 때가 있으니까요. 그러면서 관계를 다시 한 번 차근차근 풀어 가야 할 것 같습니다.

그는 긍정적으로 받아들이며 마음을 다잡는 듯했다.

"선생님 말씀대로 해 봐야겠어요. 제가 더 성숙해져야 될 것 같네요. 서로 진지하게 대화해 볼게요. 이제 참지 않고 제대로 말해 봐야겠어요. 최선을 다해 보고 싶어요."

이렇게 이어지던 우리의 연애 상담은, 여자친구와 잘돼서 결혼 궁합을 보러 오고 싶다는 그의 말로 마무리되었다. 그는 더 노력해 보겠다고 하며 자리에서 일어났다.

이후에도 두어 번 정도 상담을 받으러 왔다. 애정 상담은 아니었고 자신의 일에 대해서 물어보곤 했다. 나는 그가 먼저 꺼내지 않는 이야기를 굳이 물어보지는 않았다. 그때그때의 질문에만 최선을 다해 상담을 하고, 그의 눈빛 그리고 느낌으로 마음 상태를 짐작할 뿐이었다.

최근에 마지막으로 상담하고 갈 때, "애정은 나중에 새롭게 상담하러 오겠습니다."라고 가볍게 지나가는 말을 하길래 그때 그 여자친구하고는 이별하지 않았을까 하고 조심스럽게 짐작해 본다.

둘의 성격이 맞지 않더라도 서로 발전하기 위해 노력하면 궁합은 더 좋아질 수 있다. 그러나 계속 균형이 어긋난 채 노력하지 않으면 그 관계는 오래가지 못한다. 사랑은 혼자가 아닌 둘이 하는 것이다. 아무리 노력하려 해도 손뼉이 마주치지 않으면 소용이 없다. 그래서 사랑은 어려운 것이고, 많은 이들을 애태우게 만드는 것이다.

어떤 인연이든 잘 될 수 있는 가능성이 있다고 생각한다. 정답은 없다. 다만 타로 상담을 통해 그때 그들이 어떤 마음과 상황에 놓여 있는지에 대해서 들어주고 충고하며 길잡이를 할 뿐이다.

Episode 03

/

우리 결혼해요

4

6

10

15

21

10

남자 생각

룰루랄라

아담이브

크리스마스가 다가오면 길거리는 온통 행복한 연인들로 넘쳐난다. 추운 날씨에 손을 꼭 붙잡고 걸어가는 젊은 남녀의 모습을 보면, 그들에게 이런 추위는 아무것도 아닌 듯 보인다.
새벽부터 내린 눈으로 사무실이 있는 합정동 거리도 하얗게 덮여 버렸다. 상담실까지 걸어가는 몇 분 동안 주머니에 손을 찔러 넣고 겨울의 낭만에 젖어 보았다. 이런 날은 저 연인들처럼 언 손을 꼭 잡고 실컷 걷는 것도 좋을 텐데……. 하지만 오늘은 늦은 오후부터 밤늦게까지 상담 약속이 있다. 성큼성큼 눈길을 밟으며 바삐 상담실로 향했다.
아직 저녁 시간이 안되었지만 바깥은 벌써부터 어둑해지고 있었다. 나는 상담실로 들어와 얼른 히터를 켰다. 상담실의 냉기가 조금 누그러들고 어느 정도 따뜻한 공기가 감돌 즈음 문을 두드리는 소리가 들렸다.
30대 초반쯤으로 보이는 남자였다. 그의 외투에서는 바깥의 찬바람이 묻어났다. 그는 웃는 얼굴로 외투를 벗어 걸쳐놓고는 테이블 앞 의자에 앉았다. 나는 따뜻한 차 한잔을 권하며 인사를 건넸다.
"어서 오세요. 날씨가 많이 춥죠?"

그는 볼이 빨갛게 얼어 있으면서도, 괜찮다며 씩 웃었다. 밝은 기운이 느껴지는 사람이었다. 우리는 조금 이야기를 나누고 곧 상담으로 들어갔다.

“ A씨가 있는데 저랑 잘 맞는지 궁금해요.

나는 A씨에 대해서는 물어보지 않고, 평소와 똑같이 카드에 집중하면서 남녀 관계에 초점을 두고 상담을 진행하기로 했다.

“ 자, 연말을 훈훈하게 보내실 수 있을지 어떨지 지금부터 한번 보겠습니다.

나는 그에게 카드를 건넸다. 그는 웃으면서 내 지시대로 카드를 잘 섞어 하나씩 뽑아 주었다. 마르세유 세 장의 카드부터 하나씩 열어 보며 상담을 시작했다.
마르세유 첫 카드인 15번 카드는 남녀 관계에서는 일단 정열적으로 사랑할 수 있다고 해석되는 카드다. 물론 큰 다툼도 될 수 있지만, 옆의 카드가 안정적으로 받쳐 주면 더욱더 뜨거워질 것이다. 아직은 첫 장을 열어 본 상태라서 좋은 얘기로 말문을 열었다.

“ P님은 머리도 좋고 어떤 일이든 열심히 하는 분 같아요. 그래서 애정 표현도 열심히 할 것 같네요. 물론 아무한테나 한다는 것은 아니고, 상대가 좋고 서로 성격이 맞으면 아주 정열적으로 사랑을 하는 분 같습니다. 첫 번째 카드에서 제가 느낀 것은 서로에게 매력을 느끼고 있고, 관심이 많을 것 같다는 것입니다.

두 번째 카드도 21번 카드가 나와서 ‘A씨도 지금 행복한 시간을 보내고 있네.'라고 느껴졌다.

> A씨도 P님처럼 똑똑할 것 같고 자기 일을 열심히 하는 멋진 사람인 것 같습니다. 외모도 화려해 보이네요. P님께서 상대를 많이 좋아하듯 상대도 많이 좋아하는 모습이 그려집니다.

순간 나는 이런 감정 상태가 계속 가면 좋겠다는 순수한 바람을 가지고 계속 카드를 읽어 나갔다. 아니나 다를까 나머지 카드에서도 '운명'이라는 10번 카드가 펼쳐진 것이다.

모든 카드는 장단점이 있지만 중요한 건 흐름이다. 원 카드로 해석하는 것이 아니라, 옆에 있는 카드들과의 상호작용이 어떻게 되는지를 살펴야만 정확하게 읽을 수 있다. 여기서 10번 카드도 장단점이 있는 카드지만 첫 번째, 두 번째 카드가 긍정적으로 나온 흐름 속에서 이 카드를 보았을 때 '두 사람은 운명적인 관계다'라고 해석될 수 있다.

그가 뽑은 마르세유 카드를 전체적으로 훑어보니 저절로 미소가 흘러나왔다. 그냥 행복함이 느껴졌다. 평소에는 조근조근 차분하게 상담을 진행하는 편이지만, 어느새 목소리 톤이 점점 올라가고 있었다.

> 두 분의 만남은 운명인가 봐요. 운명의 카드가 마지막에 받쳐 주고 있네요. 아직 답은 아니지만 왠지 오래 만날 수 있는 커플로 느껴집니다. 지금까지 정열적으로 만나 와서 이렇게 깊은 운명 카드가 나왔나 봐요. 아직까지는 두 분의 심각한 문제는 읽히지 않습니다. 기분 좋게 만남을 가져가는 것 같네요. 보기 좋습니다.

현재 상황을 정리해 주고 잠깐 숨을 돌린 후 암장 카드를 찾아보았다.

암장을 열어 보니 마르세유 선택된 카드와 중복되는 카드가 있었다. 이럴 때는 그 의미를 먼저 해석해야 상담을 쉽게 풀어 갈 수 있다. 중복된 카드는 10번 운명 카드다. 이는 말 그대로 둘 관계는 운명이라는 것을 의미해 주는 정확한 핵심 카드다. 그리고 10번 카드가 두 장 이상 나올 경우에는, 어떤 질문의 상황에서든 '일이 급격히 변화된다'는 뜻도 담겨 있다. 여기에서는 어떤 변화가 될지, 다른 카드들을 함께 보면서 이해할 수 있다.

4번 암장 카드를 보니 둘의 애정 관계가 더 탄탄하게 느껴졌다. 4번 황제 카드의 의미는 남자의 경우 '안정감', '리더십', '책임감', 한마디로 남편감으로 아주 훌륭하다는 것이다. 따라서 두 사람의 궁합에서는 일단 남자가 안정적인 애정 관계를 유지하면서 가고 있다는 뜻으로 해석이 되었다.

그 옆에 '연인'을 뜻하는 6번 카드도 같이 나와서, 다시 한 번 두 사람이 연인이라고 공식적으로 인정해 주는 듯 했고, 앞으로의 관계에서도 미래지향적으로 계획하며 만남을 유지하려는 모습으로 보였다. 이런 상황들이 급히 진행된다면 그것은 결혼으로 이어진다는 말일 것이다. 순간 부럽다는 생각이 들어 그의 얼굴을 한 번 쳐다보며 나도 모르게 또 미소를 짓게 되었다.

" 암장 카드에서는 이제 두 분의 미래에 대한 답을 드려야 하는데요, 두 분의 관계는 조금 전에도 말씀드렸지만 운명이 확실한 것 같습니다. 전생에 무슨 각별한 사이였나 봐요. 아주 깊어 보입니다. 이렇게 깊은 인연 카드가 두 장이나 나왔다는 것은 두 분의 궁합이 각별하다는 뜻입니다. 사람은 누구를 만나든 운명이 있는데, 나쁜 운명이 아닌 좋은 운명이라고 느껴집니다. 전생의 인연이라는 것이죠. 상대를 위해서 책임을 지고, 남자다운 모습으로 리드하고 싶은 생각이 많이 있는 것 같습니다. 이 카드에서는 훌륭한 남편의 모습이 연상되네요. 안정된 카드가 많이 나와서 그런지, 두 분의 예쁜 미래가 그려집니다. 조만간 상견례도 하실 것 같고 상황이 빠르게 진행될 것 같습니다. 두 분의 궁합은 한마디로 결혼 궁합이라고 말씀드릴 수 있습니다. 정신적으로나 육체적으로나 잘 맞는 커플이 될 것 같습니다.

오랜만에 안정적인 커플을 보니 기분이 좋아지고 사랑스럽게 느껴졌다. 아직 보조 카드가 남아 있지만 이미 전반적인 해석은 나왔다고 볼 수 있었다. 마르세유에서는 어두운 느낌이 조금도 보이지 않고 있었다.

“ 직접 뽑으신 세 장의 카드에서도 예쁜 카드들이 나와서 즐겁게 해석이 됐는데, 암장 카드에서는 결혼이라는 것이 보여서 더 행복하게 보입니다. 즐겁네요.

기분 좋게 이런 말을 덧붙이며 보조 카드를 열어 보았다.
첫 장은 남자 생각 카드였다. 이 카드 위에는 15번 카드, 그 위에는 4번 카드가 있다. 질문자가 남자이기도 하고 밑에 남자 생각 카드가 있기 때문에, 이건 남자가 생각이 많아진다는 뜻인데, 그 이유를 생각해 보니 당연한 것 같았다. 앞으로 가장으로 살아갈 계획과 진짜 남자가 된다는 생각 때문에 이런저런 고민이 생긴 듯했다.

“ 지금까지 궁합은 좋아 보였는데, 이 카드의 그림처럼 최근에 이것저것 생각이 많아진다고 나왔습니다. 이 뉘앙스는 제가 볼 때 남자는 아무래도 가장이 되면 책임을 져야 하기 때문에 나타나는 부담감이라고 느껴집니다. P님께서 부담이 되는 건 당연한 거니까, 그냥 좋은 일만 생각하시고 미래를 위해 천천히 계획성 있게 잘 준비하세요. 나쁜 의미는 아닌 것 같으니 편하게 생각하시면 좋겠네요.

그럼 다음 카드를 보겠습니다.

다음으로는 룰루랄라 카드가 나왔다. 룰루랄라 카드 위에 21번 카드, 6번 카드를 연결해서 보면, '부담은 되지만 그래도 결혼을 생각하니까 즐겁다. 나도 즐겁고 여자친구도 즐겁다'는 뜻으로 읽혔다.

“그러면서도 두 분의 미래를 생각하면 즐겁나 봐요. 나도 즐겁고 A씨도 즐겁고, 신나고 행복하다고 표현되는 카드들이 많이 나오네요.

마지막 카드에서 판결을 내려 주듯이 결국엔 아담이브 카드가 드라마처럼 나온 것이다. 그림처럼 두 사람이 손을 꼭 잡고 있는 미래의 모습이 떠올랐다. 새로운 제2의 삶이 그려지는 모습이었다. 두 사람은 카드의 그림처럼 행복할 것이다.

“자, 이제 정리를 해 드릴게요. 제가 느끼기에 두 분은 결혼운이 꽉 찬 것 같습니다. 행복해 보이네요. 아담과 이브처럼 두 분은 천생연분으로 느껴집니다. 흔치 않게 지금까지 좋은 얘기만 해 드린 것 같은데요, 이 기운 그대로 가지고 가셔서 결혼 준비 잘하시기 바랍니다. 굳이 충고를 드리자면 남자니까 내가 다 책임을 지겠다는 생각보다는 같이 만들어 간다고 생각해 보세요. 부부라는 이름은 같이 공유하고 같이 인생을 만들어 가는 사람들이니까요. 사랑이든 경제력이든, 두 분은 잘 만들어 가실 것 같습니다. 두 분 행복하셔야 돼요. 아니, 행복하실 거예요. 축하합니다.

그의 얼굴은 벌게지고 긴장된 얼굴빛과 조금 떨리는 말투로 “고맙습니다.

감사합니다."를 연발했다. 중요한 시험이나 회사에 합격한 것처럼 너무나 기뻐하는 모습에 내 마음도 흐뭇해졌다.
그는 처음에 A씨라고 한 건 본인이 객관적으로 상담을 받고 싶어서였다고 했다. 처음부터 결혼 상대라고 하면 상담이 결혼 여부에만 초점이 맞춰지고 매끄럽지 않을 것 같아 A씨라는 호칭을 썼다는 것이다.
상대하고는 처음 만날 때부터 정신적으로나 육체적으로 잘 맞아서 천생연분이라고 생각했다고 한다. 6개월, 1년, 2년 만남을 유지해 가다가 최근 들어 결혼을 생각하게 되었는데 그가 프러포즈를 하자 환한 모습으로 받아 줘서 너무 행복했다고 한다.
"그런데 막상 결혼을 하려고 생각하니까 책임감이 밀려와서 조금 불안했습니다. 그래서 누구한테든 안정된 말을 듣고 싶어서 이렇게 찾아왔어요."
그러면서 그는, "우리 조만간 상견례하고 결혼해요!"라고 기쁘게 외쳤다.
"선생님 말씀을 듣다 보니 점점 안정감이 들었어요. 가장으로 책임감을 갖고 열심히 생활해야겠다고 다시 한 번 마음먹었고요. 우리 상황이나 서로의 감정들이 다 나와서 신기하기도 했습니다. 상담을 받는 내내 정말 행복했습니다."
그는 밝은 얼굴로 꾸벅 인사하고 자리에서 일어났다. 역시 그림이 전체적으로 예쁘게 나오니까 예쁜 말이 절로 나왔다. 오늘의 단어는 행복이라고 할 정도로 정말 행복해 보였다. 카운슬러로서 보람을 느끼는 순간은 고민의 무게를 덜고 안정감을 받아 미래를 더 탄탄하게 계획해서 돌아갈 때다. 그런 사람들이 많을수록 보람과 행복을 느낀다. 간만에 눈 내리는 연말, 남들처럼 애인과 데이트는 못 했지만 행복한 커플로부터 해피 바이러스를 받아 행복한 마음을 선사받은 하루였다.

Episode 04

/

팜므파탈 끼가 필요해

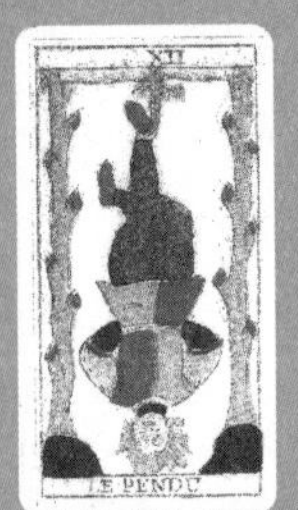

12

3

9

10

2

3

13

11

15

선물

새알

높은 산

여자나 남자나, 나이가 많거나 적거나 자기 짝을 찾는 일에 누군들 무심할 수 있을까. "애인 언제 생겨요?"라는 이번 질문은 아마도 내가 상담을 하면서 가장 많이 받은 질문인 것 같다. 아직 애인이 없는 젊은 친구들은 자기 일이나 진로도 고민이겠지만, 사랑을 찾는 것이 가장 우선순위인 것 같다. 다른 사람들은 모두 연애를 하는데 자기만 혼자인 것 같은 소외된 기분도 느끼는 것 같다.

항상 애정에 목마른 동물처럼 우리는 찾고 또 찾아 헤맨다. 직접 찾다가 못 찾으면 도움을 받고자 누군가에게 묻는다. 모임에서 "도대체 언제쯤 내 반쪽을 만날 수 있을까?"라는 질문에 "언젠가 생기겠지!"라며 웃어넘기지만, 우리 같은 전문 카운슬러는 카드의 힘을 빌려 성실히 답을 주고자 한다. '당장 오늘이라도 생길 수 있어요!'라고 말하길 기대하면서 카드를 펼쳤다.

" 남친이 언제쯤 생길까요?

어느 날, 20대 후반쯤 된 여자가 질문을 던졌다.

그녀도 자기 반쪽이 언제 나타날지 몰라 나를 찾아온 것이다.

어떤 카드가 기다리고 있는지 궁금해 빨리 열어 보았다. 그런데, 아, 첫 번째 카드부터 연애는 힘들어 보였다.

첫 번째로 나온 13번 카드의 매뉴얼 중에는 '현재 연애는 힘들다'라는 것이 있기 때문에 그녀의 연애는 과거도 지금도 잘 풀리지 않는다는 암시가 초반부터 짙게 깔려 있었다.

첫 카드부터 이렇게 나오면 좀 더 신경 써서 상담을 하게 된다. 자기 자신도 연애가 안 풀리는 사실을 알고 있을 텐데 처음부터 안 좋다고 하면 마음의 문을 닫을 수가 있기 때문에 되도록 부드럽게 다가가려는 것이다.

“이 첫 카드를 보면요, 조금 아쉽지만 아직 긍정적인 느낌은 아닙니다. 근래의 연애 모습이 다소 불안하게 느껴지고, 기운이 좋게 흘러가지는 않는 것으로 보이네요. 현재 누군가를 만나고 있다고 하더라도 발전되는 모습은 아니고 주춤거릴 수 있는 상황입니다.

심호흡을 크게 쉬고 다음 카드를 열어 보았다. 11번 카드였다. 이번 카드에서도 그 의미를 해석하자면, '연애 운이 없으니 지금은 욕심 부리지 말라'는 것이다.

“이 카드를 보면 지금은 누구를 만날 때가 아니라 한 박자 쉬고 가는 것이 좋겠다고 하네요. 연애를 하고 싶다면 아무나 만날 수는 있겠지만요. 그러면 금방 헤어지거나 만나면서 다툼이 잦을 것 같습니다. 어쨌든 지금은 연애 운이 썩 좋아 보이지 않습니다.

마르세유 마지막 15번 카드는 좀 더 꾸미고 섹시해지면 좋을 것 같다는 뜻으로 해석되었다. 15번 카드는 매력적인 카드므로, 현재 운이 없으니 매력을 발산시켜 이성에게 어필하라는 의미다.

> 제가 보기에 현재 외모도 예쁘고 멋지지만 연애가 생각보다 안되고 힘들어질 때는 외모의 변화도 중요하다고 생각합니다. 여기 선택된 마지막 카드에서는 '신체'가 나왔는데요, 나의 모습을 멋지게 바꾸는 것이 하나의 방법이 될 수 있다는 의미인 것 같네요. 조금 더 이성에게 어필할 수 있도록 말입니다.

마르세유 카드가 불안했듯이 역시나 암장 카드에서도 연애의 미래는 많이 불안해 보였다. 그녀는 연애 운 자체가 다른 사람들보다 떨어져 있는 데다 거기까지 움직이는 모습, 즉 노력하는 모습이 보이질 않고 답답하다는 느낌이 많이 들었다.
또한 암장이 여섯 장이나 선택되었다. 이렇게 암장 카드의 개수가 많이 나오면 미래는 복잡 미묘해지고 질문의 답은 좋은 쪽으로 나오기 힘들어진다는 뜻이다.
암장 첫 번째 12번 카드는 운도 없지만 노력하는 모습도 전혀 안 보인다는 뜻으로 해석이 된다. 마르세유 카드를 보고 연애가 당장 들어올 것 같지 않아 한 템포 쉬어 가라고 이야기를 했지만, 암장을 보니 '정말 오래 걸리겠구나'하는 걱정과 자포자기할 수도 있겠다는 염려가 앞섰다.
3번 카드 두 장에, 거기다 2번 카드까지, 주변에 이성은 하나도 없고 전부 여자들만 한가득 보였다. 아마도 이게 문제일 것이다. 매일 여자친구들끼리만 놀고, 먹고, 뭉쳐 다니니 이성이 들어올 틈이 보이지 않았다. 어쩌면 그녀의 친구들도 다들 비슷비슷한 애정운을 가지고 있을지도 모른다.

암장 9번 카드를 해석하자면, 이 카드는 노인이고 어둡기 때문에 즐거운 연애하고는 거리가 멀다. 그리고 9번과 10번 카드를 같이 묶어서 보면 애정이 어둡게 흘러간다는 의미다. 그녀의 생각과 일상이 모두 바뀌어야지만 연애라는 것을 할 수 있을 것 같았다.

"먼저 말씀드리고 싶은 것은요, 암장, 즉 답 카드에서 이렇게 카드가 많이 나오면 질문의 답이 복잡하게 흘러간다는 것으로 생각하셔야 합니다. 전체적으로 카드를 보면 C님께서는 노력하는 활동적인 모습이 거의 없다고 나왔고요, 그냥 친구들끼리 만나서 수다 떠는 모습만 보이고 있습니다. 카드가 전체적으로 여자들만 많이 나왔어요. 미래의 모습이 이렇게 간다는 것입니다.

나는 어느새 연애에 서툰 여동생을 대하는 마음이 되었다. 이런 사람들을 보면 스스로 안타까운 만큼 나 역시 안타깝게 느껴진다. 여동생에게 연애 코치를 하듯 이야기를 이어 갔다.

"누군가를 만나서 데이트를 하고 싶다면 본격적으로 계획을 세워서 움직이고, 어느 정도 팜므파탈이 되어야 합니다. 그래야 이성을 만날 수 있을 것 같습니다. 물론 지금 상태에서 팜므파탈이 되라고 해도 그건 어렵겠죠. 제 말은 그 정도의 이미지를 생각하면서 노력하라는 것입니다. 만약 이런 노력이 없다면, 현재 이런 모습이 다람쥐 쳇바퀴처럼 돌 것 같아요. 그러면서 노인처럼 지쳐 버릴 수도 있다고 합니다. 올해 소개팅이든 모임이든, 만남이라는 것을 얼마나 가지셨는지, 그런 노력을 했는지 궁금하네요. 제가 보기에는 이런 노력이 거의 없었을 것 같은데요. 운이 없다고 자포자기하지 마시고, 노력하는 자에게는 어느 누구도 못 따라간다는 말이 있잖아요. 무조건 C님 같은 스타일은 오버하셔야 합니다.

나는 콕콕 짚어가며 이야기를 했다. 실망감이 짙어 가는 그녀의 얼굴을 보니 마음이 안 좋았다.

> 아직 결론은 아닙니다. 나머지 보조 카드에서 어떤 이야기를 해 주는지 한 번 보자고요.

살짝 위로를 하고 호로스코프 벨린을 열어 보았다.
호로스코프 벨린 첫 장에서 선물 카드가 나온 것이다. 여기서 주의해야 할 점은 보조 카드에서 좋은 의미의 카드가 나왔다고 해서 '남자친구가 선물처럼 기다리고 있어요'로 해석해서는 안된다. 마르세유 카드에서 좋은 결과가 나왔을 때 호로스코프 벨린 카드가 좋으면 두 배로 좋아진다고 볼 수 있지만, 마르세유 카드의 흐름이 좋지 않을 때는 그렇게 해석되지 않는다. 앞에서도 말했지만 호로스코프 벨린 카드는 보조 카드지 메인 카드는 아니기 때문이다.
이 선물 카드를 해석하자면, 그냥 막연히 이성이라는 선물을 기다리는 느낌이다. 정말 운이 좋은 사람도 누가 선물을 떡하니 안겨 주지는 않을 것이다. '언젠간 생기겠지, 안 생기겠어?'라는 막연한 생각만 가지고 있어서는 그 선물이 나에게 온다고 장담할 수 없다.

> 선물은 어쨌든 좋은 거라고 생각합니다. 실제로 좋은 이성과의 만남 같은 선물을 받아야 될 텐데, 그러기 위해서는 좀 더 노력이 필요할 것 같습니다. 이 선물 카드는 '나의 바람'으로 밖에 해석이 안되네요. 그만큼 멋진 이성이라는 선물을 받고 싶다는 나의 생각입니다. 진짜 선물을 받고 싶다면 부지런히 움직이고 만남을 가져야 될 것 같아요.

새알 카드도 마찬가지다. 새알 카드에는 '가정'이라는 매뉴얼이 있어서 아마도 그녀의 마음 깊은 곳에 결혼을 원하는 바람도 있을 것 같지만, 그것을 현실화시키려면 많이 노력해야 할 것이다. 계속 좋은 사람을 만나기를 원하는 바람만 표현되고 있었다. 높은 산 카드도 그런 뜻이다. 그녀의 바람, 바람, 바람만 나온 것이다.
호로스코프 카드에서는 전반적으로 좋은 카드만 선택됐지만, 이럴 땐 앞에서도 말했듯이 마르세유 카드가 받쳐 주지 못하기 때문에 스스로의 바람이 많이 부여된 것으로 해석해야 한다.

"여기 세 장의 카드는 단독으로 봤을 때 아주 좋은 의미를 가지고 있는 카드인데요, 현재 운에서 받쳐 주지 못하기 때문에 발휘가 안되는 것입니다. 정말 연애를 하고 싶다면 주위 분위기를 다시 한 번 정리하시고, 부지런해져야지 멋진 분을 만날 수 있을 것 같습니다. '제가 시간이 없어서……' 이런 말은 핑계인 거 아시죠?"

그러자 그녀도 웃으면서 맞장구를 쳤다.
"맞아요. 제가 좀 게으르긴 해요."
그녀는 이어서 긴 한숨을 쉬고는, 이야기를 이어나갔다.
"상담하러 올 때는 '설마 애인이 안 생기겠어?'하는 생각으로 왔는데, '정말 안 생기나 봐.'가 됐네요. 정신 바짝 차려야 될 것 같아요. 저 연애를 안 한 지, 아니 못 한 지 4년이나 됐어요. 정말 주변에 여자들 밖에 없거든요. 제가 하는 일의 특성상 여자들이 많아서 어쩔 수가 없어요. 시간이 정말 안 나요."
그녀는 이렇게 말하다가 순간 내 눈치를 보고 나서는 "아, 시간 내도록 하겠습니다."라고 정정했다. 그녀는 너무너무 사랑이라는 감정을 느끼고 싶어서 소개팅도 몇 번 해 봤지만 애프터 신청이 안 온다고 하면서, 자신에게 문제가 있는 것인지 정말 모르겠어서 찾아왔다고 했다. 상담 받고 나서 정말 노력하고 변해야겠다며 마음을 다잡았다고 했다.
"오늘 당장 헤어스타일도 바꾸고, 동호회도 찾아다니고 부지런해져야겠어요." 긍정적인 성격을 보여 주어서 다행스럽게 느껴졌다.

> 솔직히 현재 이성 운은 없지만, 그래도 희망을 드리고 싶습니다. 아까 말씀드렸듯이 좀 여우가 되어 보자고요. 힘내시고요, 다음에는 '두 명의 남자가 있는데 누구를 만나야 될까요?' 이런 질문하러 오셔야 됩니다.

"상담할 때는 그냥 멍했는데, 지금은 치유가 된 것 같아요. 다음에 상담하러 올 때는 꼭 애인하고 같이 와서 '결혼 언제 하면 좋을까요?' 하고 물어볼게요."
상담실을 떠나는 그녀의 뒷모습을 보며 나는 속으로 그녀의 변화된 모습을 기대하면서 파이팅을 외쳐 주었다.
그렇다. 완벽한 운의 흐름은 없지만, 아무리 좋은 운도 노력 없이는 받쳐주지는 않는다. 아마 그녀도 더 멋진 여자가 되어 행복한 고민에 빠질 날이 반드시 올 것이다. 길잡이를 해 드려도 "어차피 운도 없는데 노력해 봐야 소용없지 않나요?"라고 말하는 사람들도 간혹 있다. 물론 백 퍼센트 운이 바뀌는 건 아니다. 하지만 노력할수록 삶의 질이 좋아지는 거라고, 예쁘고 멋진 삶을 위해서 우리는 계속 노력하며 가는 거라고 당부하고 싶다.

Episode 05

/

여자가 여자를

여대 근처에서 개인 상담을 막 시작했을 때의 일이다. 한참 전이지만 아직도 기억에 남는 여자가 있다. 그녀는 꾸미지 않은 수수한 모습으로 모자를 푹 눌러 쓰고, 집이 근처라고 여겨질 정도로 편한 복장을 하고서 상담실로 들어왔다. 그러고는 나의 눈을 마주치지 않고 대뜸 질문을 던졌다.

“ 상대와 궁합을 보고 싶은데요.

왠지 조급한 모습이어서 '뭔가 급하게 해결할 것이 있겠지.'하는 생각이 들었다. 그녀는 여전히 내 쪽은 보지 않은 채, 무척 진지한 표정을 지었다.

“ 거짓 없이 있는 그대로 다 이야기해 주세요.

질문을 듣는 순간 왠지 가벼운 상담은 아닐 것 같다는 생각이 스쳤지만, 카운슬러가 부담을 가지면 안 되기 때문에 선입견 없이 카드에 집중하기로 했다. 그녀가 직접 선택한 카드를 보면서 상담을 시작했다.
마르세유 카드 첫 장은 21번 카드였다. 완벽한 사랑이라……. 21번 카드에는 '완벽'이라는 매뉴얼이 있다. 그녀가 완벽한 사랑을 하고 싶어 한다는 느낌을 받을 수 있었다. 사랑에 완벽이란 게 있을 수 있을까 생각해 보았다. 마르세유 세 장의 선택된 카드는 결론이 아니므로 그녀가 뽑은 21번 카드를 '완성'이라고 보면 나중에 오류에 빠질 수 있다. 그러므로 '완벽'이라는 표현을 쓰는 것이 더 좋을 것이다.

"이 그림처럼 사랑에서 만큼은 완벽하게 다 이루기를 원하시는 것 같은데요, 하지만 너무 타이트하면 상대도 나도 지치게 될 것 같아요. 사랑에 욕심을 내려고 하지 마시고, 여유 있게 유지하려고 해 보시는 게 어떨까 싶네요. 우선 본인의 모습은 이렇게 보이고 있습니다.

그런 후 두 번째 카드를 열었더니, 상대는 씩씩한 느낌으로 읽혔다. 4번 카드는 왕이다. 리더십뿐만 아니라 의리도 보이고, 책임감도 있는 사람으로 느껴졌다. 한마디로 상대도 자기 자신을 멋지게 표출하고 싶은 사람인 것이다.

"이제 상대를 보자면요, 그분은 리더십과 책임감이 아주 강한 사람으로 나옵니다. 두 사람의 관계에서 미적미적하기보다는 리드하는 쪽이실 것 같은데요. 아마 본인도 그것이 더 편할 것 같습니다. 이런 분들은 화끈한 건 있는데 섬세한 면은 조금 떨어질 수 있을 거예요.

마르세유 카드 중 마지막인 19번 카드는 두 사람의 현재 관계로 이해하면 될 것이다. 19번 카드의 원래 뜻으로 보자면, 정신연령이 비슷하여 친구같이 알콩달콩 지낼 수 있는 관계라고 할 수 있다. 두 사람은 재밌게 지내는 것 같았고, 현재 모습에서 심각한 것은 느껴지지 않았다.

> "두 분은 정신연령이나 성격 같은 것들이 비슷한 성향으로 보여서 일단 즐겁게 지내시는 것 같네요. 굳이 말씀드리자면, J님께서 상대방에게 섬세한 것까지 바라면 스트레스를 받을 것 같으니까 그런 부분만 조절하시면 되겠어요. 그럼 두 분의 애정 관계는 좋게 진행될 것 같습니다. 현재는 큰 무리가 없는 커플이라고 느껴지고 이별수도 보이지 않습니다. 이런 분위기로 재밌게 지내시면 좋겠네요.

큰 문제없이 카드를 해석하고 나서 다음 순서로 암장을 열어 보았다.
막상 암장 카드를 열어 보니 마르세유 카드와는 많이 다르게 모든 카드가 강하다는 걸 느낄 수 있었다. 암장을 펼쳤을 때는 암장만 단독으로 보는 것이 아니라 선택된 카드와의 연관이 있는지를 전체적으로 읽어야 한다. 그런데 선택된 카드에 이어 암장까지 4번 카드가 세 장이나 펼쳐진 것이다.
상담에 사용하는 카드가 복수 카드이긴 하지만 실제로 카드 세 장이 모두 열리는 경우는 그리 흔치 않다. 따라서 이 암장에서 초점은 당연히 4번 카드다. 똑같은 인물 카드인 4번 카드가 두 장도 아닌 세 장이나 나온 것은 분명히 깊은 의미가 있다는 것을 암시해 주는 것이다. 갑자기 머리가 복잡해졌다. 이 상황을 어떻게 풀어야 할까.
나는 그녀에게 "잠깐 생각 좀 할게요."라고 말한 후 카드를 뚫어지게 보면서 머릿속으로 해석하기 시작했다.
그녀는, "편하게 말씀하세요."라고 말하며 걱정스러운 눈길로 나를 쳐다보는 듯했다. 어쩌면 카드를 모두 보고 나서 대화를 하며 풀어 가야 할지도 모른다. 그러나 여기서 일단 생각해 볼 수 있는 것이 몇 가지 있었다. 분명 인물 카드가 더 나왔기 때문에 그녀 주변에 또 다른 사람이 있다고도 해석해 봐야 할 것이다. 더 깊이 생각해 봐야 하는 것은, 단순한 삼각관계가 아니고 카드의 성별이 다 같다는 것이다. 이번 경우는 평범한 사랑은 아닌 것 같았다. 처음에는 두 사람의 성향이 친구처럼 잘 맞고 잘 지내고 싶은 마음으로 보여 그렇게 해석을 했지만, 그게 다가 아닌 듯했다.

" 앞의 현재 상황 카드에서는 지극히 평범한 흐름으로 나왔는데, 암장 카드를 열고 보니 두 분의 관계가 평범해 보이지는 않네요. 복잡한 기운이 느껴집니다. 두 분은 기본적으로 잘 맞춰 갈 수 있는 커플인 것은 맞는 것 같아요. 그렇지만 J님께서 두 마리 토끼를 잡으려고 하는 모습이 그려집니다. 암장 카드를 보니 J님 주변에 사람이 많은 것으로 보이고 있고요, 그중에 이성으로 생각하는 사람도 있는 것 같아요. 그런데 이 와중에 이렇게 똑같은 카드가 세 장이나 나온 것으로 봐서는, 그 두 마리 토끼와 J님이 다 같은 성이 아닐까 하는 느낌도 듭니다. 카드가 이렇게 나올 땐 두 가지로 해석할 수 있는데요, 세 분이 같은 나이거나 같은 일을 하시거나 성격이 비슷한 분들일 수 있고요, 또 하나의 해석은 세 분 다 동성이라는 것입니다. 불편하시면 오픈 안 하셔도 됩니다. 어쨌든 카드에서는 두 분뿐만 아니라 다른 분도 공통분모가 많이 보여요. 이렇게 다 똑같잖아요. J님이 생각하시는 상대들은 모두 시원시원하고 뒤끝 없고 모든 사람들이 좋아하는 성격일 것 같습니다. 그래서 J님도 그분들을 다 갖고 싶은 마음이 들었나 봐요. 본인이 원하는 완벽한 사람들이라서 그럴까요? 제 생각에는요, 일단 지금 상대하고는 잘 맞고 좋은 관계로 갈 수 있는 궁합이에요. 그런데 다른 분까지 소유하려고 한다면 그 좋은 관계는 깨지고 말 거예요. 깨버리기에는 아까운 관계 아닌가요? 저는 J님께서 흔들리는 마음을 빨리 정리하셨으면 좋겠네요.

그녀의 질문은 상대하고의 궁합이었다. 궁합을 풀어 가는 도중에 다른 사람이 보이고, 또 같은 성이라는 것이 느껴져 상담은 단순하게 흘러가지 않았다. 지금까지 사랑에서는 중요한 두 가지 상황을 알게 되었는데, 그때까지 그녀는 굳게 입을 다물고 있었다. 나는 그 정도로 답을 정리하고 보조 카드로 넘어갔다.

보조 카드에서는 먼저 꽃 카드가 펼쳐졌다. 그녀는 역시 지금 만나는 상대를 좋아하고 있는 것 같았다. 잠시 마음이 흔들렸을 뿐 둘의 애정은 탄탄해 보였다. 위에 있는 마르세유 카드를 세로로 본다면, 좋은 기운의 21번 카드와 4번 카드가 놓여 있기 때문에 두 사람은 쉽게 만나고 쉽게 헤어질 인연은 아닌 것이다.

두 번째 비둘기 카드도 단독으로 보면 소식을 전해 주는 행운의 카드다. 마르세유와 같이 묶어서 해석해 보면, 그녀는 다른 상대 또한 좋은 감정으로 대하고 있다고 보였다. 현재 상대도, 다른 사람도 다 좋다고 나온 것이다. 그럼 마지막 카드로 인해 운은 바뀔 것이다.

"보조의 역할을 해 주는 카드 중에서 첫 번째 카드를 보니, 지금 상대하고는 한마디로 좋아 보입니다. 갈등이 심하다거나 헤어지고 싶을 정도로 이상해 보이지는 않아요. 이런 분위기로 계속 유지하시면 좋을 것 같은데요. 문제는 현재 생각하시는 또 다른 사람도 J님께서 '좋은 인연이 될 것 같다'는 미련을 갖고 계신다는 겁니다. 처음에 말씀드린 것처럼 J님은 완벽한 사랑과 두 마리 토끼를 잡고 싶어 하는 마음이 끝까지 나오고 있네요. 지금 상대는 마냥 같이 있고 싶은 사람, 다른 분은 나에게 찾아온 행운이라고 여기시는 것 같아요. 그렇다면 이런 기운들이 어떻게 흘러가는지 마지막 보조 카드를 보고 말씀드리겠습니다.

이미 궁합에 대한 답은 나와 있었다. 그러나 이 상담은 두 사람의 궁합이 아닌 삼각관계를 묻는 상황이 되어 버렸다. 아마도 그것이 그녀의 진짜 속마음이 아니었을까.
마지막 카드는 할머니 카드였다. 이 의미를 해석하자면 그녀 입장에서는 둘 다 좋지만, 그 관계를 다 끌고 나가다가는 결국 짐이 되어 버릴 것이라는 의미다.

"아, 결국 그들을 다 만나기엔 부담이 된다고 나오네요. 운이 좋고 능력이 된다면 두 명을 만나는 것에 대해서 말리지는 못하겠지만 이렇게 그림에서 보여 주듯이 나중에는 모든 상황이 짐이 돼서 다 내려놓고 싶을 때가 올 거예요.

그렇다면 그녀는 어떤 선택을 하게 될까? 추측컨대 현재 상대에게 돌아올 것 같았다. 마르세유 카드에서 둘의 궁합은 어깨동무를 하고 있는 모습이 비쳐졌고, 그 옆에 있는 카드들이 좋은 기운으로 받쳐 주고 있기 때문에 아마도 두 사람은 헤어지기 어려울 것이다.
나는 조심스러운 마음을 품고 정리를 했다.

"다시 한 번 말씀드릴게요. 일부러 불행을 경험하는 것보다는, 현재를 지켜 나가면서 안정적인 미래를 설계하면 더 좋은 일들이 생길 거예요. 현재 상대하고 지금처럼 친구같이 재미있게 지내다 보면 결국 두 분은 인생의 동반자가 될 수도 있을 것 같은데요.

다시 그녀의 첫 번째 질문으로 돌아가 상담을 마무리지었다. 둘의 궁합을 정리하자면, 둘 관계는 결국엔 아무 이상이 없다는 것이었다.

“ J님의 질문은 상대와의 궁합이었습니다. 이제 그 답을 정리해 드리겠습니다. 두 분의 관계는 즐겁게 만나고 데이트하면서 친구처럼 잘 지낼 수 있다고 나왔습니다. 본인 가슴속에 있는 또 다른 사람은 본인을 힘들게 만드는 사람이에요. 그러니 빨리 정리하시고 일상으로 돌아오시면 좋겠습니다. 카드의 길잡이는 이렇습니다. 한 번에 두 마리 토끼는 정말 잡기 힘들다, 지금 상대를 잘 지키라는 것입니다. 오늘 집으로 돌아가서 깊이 생각해 보세요.

설명이 끝나자 그녀는 이제야 나와 눈을 마주쳤다. 그리고 힘겹게 말을 꺼냈다.
“일부러 시간 내서 상담을 하러 온 거니까 모두 오픈할게요. 그래야 제대로 조언을 듣고 갈 수 있을 것 같으니까요. 지금 상대는 남자가 아니고 여자예요. 우리는 오랫동안 사귀어 왔고, 지금은 같이 살고 있어요. 선생님께서 다 알고 있는 것처럼 말씀하셔서 좀 섬뜩하기도 했는데요, 최근에 다른 사람이 마음에 들어와서 좀 힘들었어요. 물론 그 사람도 여자고요. 저 할머니 카드가 꼭 내 미래를 말해 주는 것 같아서 두렵네요. ……저 이제 어떻게 해야 될까요?”
그녀의 상대가 여자라는 이야기를 들으니 모호하게 여겨졌던 모든 것들이 이해가 되는 느낌이었다. ‘카드는 거짓말을 하지 않는구나.’ 이런 생각을 하다 곧 그녀에게 어떤 말을 해 주어야 할까를 곰곰이 생각해 보았다.
‘아니, 왜 동성을 만나려고 하세요? 좋은 남자를 만나서 남들처럼 결혼하고 아기 낳고 살고 싶지 않아요?’라고는 이야기하고 싶지는 않았다. 타인의 사랑에 함부로 세상의 잣대를 들이미는 것은 가당치 않은 일이다. 그녀의 고민이 어디에 있는지를 깊이 생각해 보았다. 상대가 동성인지 이성인지가 중요한 것이 아니었다. 다만 자신의 마음이 두 갈래로 나뉘는 것을 스스로 감당하지 못하고 있는 것뿐이다.

> J님! 제가 아까 말씀드렸듯이 지금 애인하고는 앞으로도 친구처럼, 애인처럼 즐거운 일들이 더 있을 거예요. 애인하고 이별이 보였다면 '빨리 체인지하세요.'라고 저도 말씀드렸을 겁니다. 하지만 두 분은 그렇게 보이지 않아요. 그래서 새로운 사람을 만나라고는 못 하겠네요. J님께서는 두 분을 한꺼번에 만날 수 있을 것 같아요? 그렇게 만나다가는 둘 다 놓칠 수 있습니다. 애인에게 집중하시고 좀 더 부드럽게 잘해 주세요.

"그러게요, 지금 애인하고 너무 잘 맞고 즐겁게 잘 지내고 있습니다. 제가 잠깐 한눈팔았나 봐요."

힘없이 대답하고 다시 나의 눈을 피해 버렸다.

그녀의 마음은 지금 힘들겠지만, 이런 문제는 연애를 하며 누구에게나 있을 수 있는 일이다. 그러나 어리석은 선택으로 연애가 꼬이는 사람들을 많이 봤기 때문에 그녀는 그렇게 되지 않길 바랄 뿐이다.

둘의 관계만 봐서는 성별을 떠나 좋은 만남이라고 생각되었다. 남녀가 중요한 게 아니고 서로 사랑한다는 것이 중요한 게 아닐까. 두 사람의 관계도 지금 좋은 감정을 유지하고 있기 때문에 문제가 없는 것이다.

중간에 상담을 하다가 내가 생각에 잠겼을 때 그녀는 "편하게 말씀하세요."라고 했지만, 카드를 다 열기 전까지는 완전히 확신할 수 없었다. 나중에 그녀가 자신의 상황을 알려 준 것에 대해서는 카운슬러 입장에서 고마울 따름이다.

다시 한 번 느낀 것은 사랑에 정해진 틀은 없다는 것이다. 상담을 하며 많은 이들의 연애를 지켜보는 입장이 되었다. 세상에는 참 많은 연애의 모습이 있었다. 상담을 하는 그 순간만큼은 그들의 감정을 함께 느끼려고 노력한다. 그들의 생각과 마음에 집중하며 다시 한 번 그들의 사랑을 바라보면, 그 속에는 각자의 기쁨과 아픔이 있다. 누구의 사랑도 깊지 않다고 함부로 말할 수 없다. 사랑은 정말 자유로운 것이다. 누구를 사랑하든 열심히 정열적으로 사랑하는 이들이 가장 아름답게 보인다.

Episode 06

/

사랑은 혼자할 수 없어요

4

2

6

17

12

13

비둘기

비즈니스

말발굽

타로 상담을 시작하면서부터는 소위 젊은이들의 거리가 내 일상적인 공간이 되었다. 많은 이들이 북적이는 곳에서 일을 하다 보니 매일이 축제 같은 기분이다. 거리마다 흥겨운 인파로 넘치고 한쪽에서는 길거리 공연으로 들썩이기도 한다.

생기 있는 젊은 연인들이나 어린 남학생, 여학생들이 우르르 들어올 때면 조용한 상담실도 훈훈한 열기로 가득 찬다. 그런 활기 때문인지 일의 고단함보다는 힘을 얻을 때가 더 많다. 특히나 20대 초반이라는 나이는 아직 모든 것이 결정되지 않은 나이라서 그들을 상담하며 여러 가지로 보람을 느끼곤 한다.

연애에 관해서도 잘되든 그렇지 않든 무겁지 않게 상담을 진행할 수 있다. 사랑에 아파하는 모습마저도 예쁘게 보이는 것이 그 나이만이 가질 수 있는 풋풋함인 것 같다.

그날도 20대 초반으로 보이는 여자가 상담실을 찾아왔다. 눈망울이 맑고, 순수한 느낌과 단정한 모습을 지닌 사람이었다. 그녀는 나의 안내를 받고 나서 조용조용 질문을 했다.

" 매일 연락하고 자주 만나는 친한 오빠가 있는데요, 점점 이성으로 끌려서 어떻게 해야 할지 모르겠어요. 저, 그 오빠하고 연인이 될 가능성이 있는지 알고 싶어요.

어린 친구의 연애가 그냥 잘됐으면 좋겠다는 막연한 바람을 갖고 카드를 보기 시작했다.
첫 번째 마르세유 카드는 17번 카드가 선택되었다. 17번 카드는 연애에 대해서, 말하자면 바보 같은 여자들이 많이 뽑는 카드다. 즉 밀당은 전혀 못하고 사랑하는 사람에게 헌신하는 타입이다. 아직 사랑에 어리숙한 막냇동생을 마주하고 있는 듯한 느낌이었다. 나는 부드럽게 말을 꺼냈다.

" 먼저 이 노란색 카드부터 설명을 해 드리겠습니다. 아직 답은 아니고 현재 상황이니까 지금은 편하게 들으면 돼요. 우선 본인의 성향이나 성격을 이야기하자면, 참 맑아 보여요. 순수해 보이고, 착해 보이고, 좋아하는 사람이 생기면 헌신하면서 좋은 여자친구가 될 것 같습니다. 나중에 결혼하면 아이들 교육도 잘 시키고, 내조도 참 잘하겠네요. 한마디로 현모양처감이에요. 그런데 S님 같은 분들은 연애가 능수능란하지 않다는 것이 단점이라면 단점이랄 수 있지요.

그 옆의 12번 카드도 답답한 짝사랑 카드다. 물론 지금 상황이 짝사랑으로 보이기 때문에 이런 카드가 나왔을 수도 있지만, 원래 그녀의 성향이 그럴 수도 있다고 생각해 봐야 한다.

" 우리 S님은 연애를 할 때 조심해야 하는 게, 나쁜 남자를 만나면 그대로 이용당하게 된다는 거예요. 그렇다고 그 오빠가 나쁜 남자라는 것은 아니고요. 단지 이런 분들의 연애 스타일은 좀 답답할 수 있다는 뜻이에요. 이성을 만날 때는 어느 정도 여우짓과 밀당이 필요하잖아요.

이렇게 말해 주고 마르세유 마지막 카드를 보니, 질문의 현재 상황은 그리 좋아 보이지 않았다. 두 사람의 관계를 질문할 때 13번 카드가 나오면 경험으로 보아 잘될 가능성이 그리 높지 않다.
그녀가 워낙에 착한 이미지여서 그런지 괜히 안쓰러워 보였다. 그렇지만 객관적으로 상황을 이해시키면서 길잡이를 해 줘야 하기 때문에 순간적인 감정을 접고 집중하기로 했다.

“ 현재 느낌이 그 오빠하고는 안타깝지만 흐름이 좋지는 않은 것으로 보입니다. 이 카드를 보면 이렇게 앙상한 뼈만 보이고 있습니다. 오빠 입장에서도 현재 S님을 깊게 생각하고 있는 것 같진 않아 보이고요, 연애로 진행되기보다는 오빠 동생 사이로 유지될 느낌이 강하게 나오고 있습니다.

두 사람의 현재 상황은 연인의 느낌은 전혀 아니었다. 그러나 남녀 관계란 언제 어떻게 변할지 아무도 모르는 것 아니겠는가. 그녀의 짝사랑이 연애로 발전할 수 있을지는 더 지켜보아야 할 것이다. 그래서 답 카드에서 무엇을 말해 줄지 좀 더 기대를 가져 보기로 했다.

“ 여기까지는 현재 상황이었어요. 앞으로의 발전 가능성에 대해서는, 이제 자세히 봐 드릴 테니까 잠시만 기다려 주세요.

차분한 마음으로 카드를 추려 내며 한 장 한 장 답을 찾아 나갔다.

암장은 먼저 황제 4번 카드가 오픈되었다. 그 오빠는 황제? 그렇다면 자기 짝으로 여왕을 찾고 있다고 보면 될 것이다. 기본적으로 황제 4번은 여왕 3번과 궁합이 맞고, 교황 5번은 여교황 2번과 잘 맞는다.
그렇다면 궁합이 맞는 카드가 나왔을까? 암장에서는 4번 카드와 2번 카드가 같이 나오고 있었다. 그녀는 2번 카드처럼 선하고 착한 이미지와 소극적인 성격을 지니고 있다. 그렇다면 오빠가 찾는 이상형은 아니라는 말이다. 보통 여왕은 화려하면서 섹시한 느낌을 풍기는 여자다. 결국 이 카드들로 봐서는 합이 안 맞아 연인으로 발전하기는 힘들 수밖에 없는 것이다.
아마도 그 오빠에게 그녀는 착한 동생 이상도 이하도 아닐 것이다. 그저 예쁜 학교 후배 같은 이미지로만 보이고 있을 거라는 생각이 들었다. 그러므로 여기서 6번 카드는 '불안정'으로 해석해야 한다. 6번 카드의 이름은 '연인'이지만, 옆에 있는 카드나 전체적인 상황이 안정돼야지만 연인으로 해석할 수 있다.
이런 상황을 보이는 대로 해석해 주면 그녀에게는 조금 상처가 될 수도 있겠지만, 그래도 립 서비스보다는 솔직하게 상담을 해 주는 것이 그녀의 미래를 위해서는 더 나을 거라는 생각이 들어 담담하게 말을 꺼냈다.

" 암장 카드를 모두 열어 보았어요. 아직 완전한 결론은 아니지만 조심스럽게 해석을 해 드리자면요, 오빠하고의 미래는 연인이 아니고 좋은 사람과 사람으로 진행될 것 같아요. 어쨌든 그 오빠는 자기 일에 열심이고 주변 사람들에게 깍듯하게 잘하는 분으로 보입니다. 그렇지만 성격이 좋다고 해서 누구하고나 잘 맞는다고 할 수는 없잖아요. 혹시 오빠의 이상형이 어떤지 아세요? 친한 사이라면 아실 것도 같은데, 제가 볼 때 오빠의 이상형은 여왕처럼 당당하면서 도시적인, 섹시미가 흐르는 타입일 것 같아요. 자, 왜 그런지 설명을 해 드릴게요. 카드에서 오빠는 황제예요. 왕의 짝은 여왕이거든요. 아시겠지만 유럽의 여왕들은 화려하고 섹시하고 약간 강한 이미지입니다. 반면에 S님은 외모나 성격으로 보면 청순한 이미지이지 여왕의 이미지는 아니잖아요. 그 오빠분은 지금 나한테 마음을 주려고 하는 것 같진 않아요. 이성으로 다가오려고 하는 것이 아니고 정말 오빠 동생으로 생각하는 것 같습니다.

그녀가 상처를 받았을까? 순간 말을 멈추고 그녀의 얼굴을 바라보았다. 여전히 착한 눈빛으로 카드를 내려다보고 있었다. 내 눈에는 지금 이 모습이 너무도 매력적으로 보였다. '그 오빠가 사람 보는 눈이 없네.' 순간 이런 생각도 들었다.
상담을 하다 보면 이렇게 사랑 때문에 혼자 마음앓이하는 어린 친구들을 많이 만나게 된다. 그럴 때마다 나도 나이를 먹었는지, '이렇게 좋은 나이에 좋은 사람과 예쁜 연애를 하면 얼마나 좋아?'하는 마음부터 든다. 그런데 젊은 남자들은 화려한 외모만 쫓아가고, 이렇게 혼자 마음 아파하는 그녀들을 자꾸 보게 되는 것이다.

“그렇다고 해서 빨리 여왕처럼 돼서 그 오빠를 잡으라는 말은 아닙니다. S님은 S님만의 스타일이 있고, S님을 아껴 주는 분을 만나면 되니까 너무 실망하지는 마세요. 둘 관계는 서로 인연이 아니라서 그런 것 같습니다. S님은 장점이 많은 사람이어서, 어떤 이성을 만나든 조금만 적극적인 표현과 섹시한 이미지를 보여 준다면 앞으로의 연애가 재밌을 것 같아요. 처음에 뽑은 카드에서는 너무 착하다고 나오고, 암장에서는 결혼하면 좋은 사람이라고 나왔어요. 그렇지만 지금 당장 결혼할 거 아니잖아요. 즐겁게 놀아 보자고요.

조금 오버하며 말을 하자 그녀는 밝은 얼굴을 되찾고 웃고 있었다.

"더 완벽하게 결론을 내기 위해서 나머지 보조 카드를 보고 정리해 드릴게요.

얌전히 덮여 있는 호로스코프 벨린 카드들로 넘어갔다.
첫 장을 열어 보았다. 비둘기 카드였다. 비둘기 카드의 매뉴얼은 전반적으로 좋은 의미다. 그런데 마르세유 카드가 좋지 않은 상태에서 호로스코프 벨린 카드가 아름답게 나오면 자기 바람이 많이 반영된 것이라고 봐야 한다. 그녀는 오빠한테 따뜻한 애정표현 같은 좋은 소식을 받고 싶은 것이다. 그러나 현실은 그렇게 되지 않을 것 같아 안타까웠다.

"마지막 이 카드들은 지금까지 해석해 드린 내용들을 어떻게 보조해 주는지를 나타내는 것입니다. 한 장씩 설명해 드릴게요. S님은 계속 오빠의 사랑을 기다리는 느낌입니다. 혹시나 오빠한테 좋은 소식이 오지 않을까 하며 은근히 기대하는 모습인 것 같습니다. 이 모습은 정말 바람이라고 느껴지네요. 마르세유 카드에서 좋은 운이 받쳐 줘야 지금 카드에서도 연결이 되는데 너무 극과 극으로 나와서 섞이지 않는 모습이에요.

다음 카드로 비즈니스 카드가 나온 것으로 봐서는 일이든 공부든 자기가 하는 일에 더 신경을 쓰라는 의미였다.

"지금 연애를 생각하기보다 본인의 일이나 자기 발전에 더 중점을 두라고 나왔어요. 이 시기는 자기를 발전시키는 시기인가 봐요. 이럴 때 하고 싶었던 공부나 운동을 하는 것도 좋은 방법인 것 같습니다.

아, 그런데 마지막 카드에서는 매우 좋은 카드인 말발굽 카드가 나온 것이다. 그녀는 그 남자를 진짜 많이 좋아하는 것 같았다. 계속 안타까운 느낌이 들었다.

" 그런데 정말 이 오빠를 좋아하시나 봐요. 마지막 카드에서 이렇게 행운의 카드가 나왔는데요, 이건 S님께서 오빠를 만난 걸 행운으로 여기신다는 의미인 것 같아요.

세 장의 카드를 다 열어 보니 너무나 행복하고 긍정적인 카드만 선택되었다. 그러나 바람일 뿐이고, 결국 호로스코프 벨린 카드에서도 그녀가 바라는 답은 나오지 않았다.

" 오빠도 S님도 나쁜 사람은 아니잖아요. 그런데 둘 관계가 이렇게 미래가 불투명하고 바람만 나온 것은, 결국 연애 운은 아니라고 봐야 될 것 같네요. 서로 좋은 사람으로 생각하고 지내야 두 사람의 관계가 지금처럼 잘 유지되지, 애정으로 가려고 하면 S님이 많이 힘들 것 같습니다.

그래도 그녀가 어둡지 않아서 다행이었다. 만약 어둡고 폐쇄적인 성향을 가진 사람이라면 블랙홀에 빠져버릴 테지만, 밝고 이해심이 있는 사람이라 충분히 극복하고 아름답게 다시 새로운 사랑을 준비할 것 같은 느낌이 들었다.

" 불난 집에 부채질하는 것은 아니지만, 저는 이렇게 길잡이를 해 드리고 싶어요. S님께서는 이런 경험을 많이 해 보았으면 좋겠습니다. 짧은 사랑, 긴 사랑, 차 보기도 하고 차이기도 하고, 대시도 받아 보고 이렇게 외사랑도 해 보고요. 그래야 남자 보는 눈이 생길 것 같아요. 그렇게 하다 보면 많이 성숙해질 거예요. 많은 경험을 해 보면 나중에 결혼할 때도 안목이 생기죠. 아직 젊음이 무기잖아요. S님 자체가 어둡지 않기 때문에 제가 볼 때는 충분히 좋은 사람 만나서 행복한 연애를 할 것 같습니다. 이번 일은 좋은 경험이라고 생각하시고 마무리 잘하세요. 결론은 그 괜찮은 오빠하고는 연인이 되기는 힘들 것 같다, 결국 외사랑이다, 라는 말을 남겨 놓고 마무리하겠습니다.

그녀는 나의 말이 다 끝나기도 전에 고개를 끄덕끄덕했다. 그리고 약간 풀 죽은 목소리로 말했다.
"저도 큰 기대는 안 했어요."
그 오빠는 어느 단체에서 알게 되어 친하게 지내게 되었다고 한다. 남자다운 행동과 사람들을 리드하는 모습이 멋져 보였고, 단둘이 있을 때 자기를 잘 챙겨 주어서 계속 호감이 갔다고 했다.
"제가 오빠 마음을 알게 된 건요, 어느 날 단둘이 집에 가게 됐는데 이런저런 얘기를 하다 보니까 저를 그냥 아는 동생, 아니 그냥 사람으로 느끼는 것 같더라고요. 오빠는 자기 일에 더 신경 써야 되고 준비해야 한다고, 연애하고 싶은 생각은 없다고 딱 잘라서 말했어요. 그 후로는 더 이상 그런 말은 꺼내지 않고 평상시처럼 지냈어요."
자기 미래를 설계할 때라……. 물론 그렇긴 하겠지만 아마 핑계일 것이다. 왠지 자기 스타일이 아니라 그렇게 말했을 것 같았다. 그녀에게 '그 오빠 말은 핑계예요'라고 말해 주기는 어려웠다. 그래서 돌려서 더 예뻐지고, 더 섹시해지고, 강해지라고 조언해 주었다.
그러자 그녀는 밝은 얼굴로 대답했다.

"네, 그렇게 할게요. 아까 어드바이스해 주신 것처럼 아직 젊으니까 많은 사람을 만나보고 재밌게 지내고 싶어요."

그래도 다행이었다. 그녀는 상담하러 올 때보다 더 밝은 모습으로 돌아갔다. 참 스펀지 같은 가슴을 가진 것 같았다.

길거리의 젊은이들을 보면 아무 걱정 없이 행복해 보인다. 그 안에는 각자 자신들의 고민이 있겠지만, 그래도 그렇게 활기찬 젊은 친구들이 있어서 세상은 좀 더 밝아지는 것 같다. 그녀도 긍정적인 마인드를 갖고 다시 세상을 향해 나갈 것이다. 상담을 받고 밝은 얼굴로 자기 인생을 찾아가는 어린 친구들에게서 큰 에너지를 얻는다. 그날은 보통 그 나이대보다도 순수하고 착해 보이는 그녀 덕분에 더욱더 하루 종일 맑음이었다. 나를 찾아왔던 친구들이 모두 씩씩하게 자기 사랑을 찾아 가는 모습을 보여 준다면 나역시 조금은 뿌듯함을 느낄 것 같다.

Episode 07

/

너는 너대로, 나는 나대로

20

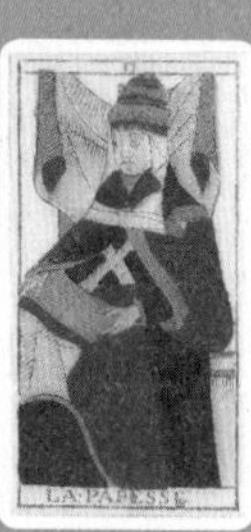

2

4

18

에페

4

구름

비즈니스

조상 복

가끔 일이 끝나고 상담실 앞에 찾아온 친구들과 소주 한 잔 할 때가 있다. 이제 하나둘 결혼해서 가장이 되고, 아이가 있는 친구들을 보면 한편으로는 기분이 묘해진다. 우리가 어느새 이렇게 나이를 먹었을까. 예전에는 좋아하는 여자와 연애 문제로 애를 태우던 친구들도 결혼 생활이 좀 지나면 언제 그랬냐는 듯 무심해지는 게 보통 남자들이다. 때로는 부부 문제로 고민하는 친구들도 있지만 대부분은 자기 일 문제로 머릿속이 꽉 차 있다. 아마 그게 자연스러운 일일 것이다.

그럼에도 불구하고 내 상담실에는 결혼한 사람들이 종종 찾아와 부부 관계를 물어보곤 한다. 이혼이나 불륜과 같이 심각한 문제로 찾아오는 사람들도 있지만, 별다른 일이 없어도 여전히 상대와의 궁합이나 애정운을 궁금해하는 기혼자들도 많이 있다.

이미 부부인데 새삼스럽게 애정운이 궁금할까 여기는 사람들도 있겠지만, 그건 아닌 것 같다. 부부 사이에도 꾸준히 사랑을 키워 가는 노력이 필요하다. 상대의 애정이 식었다며 고민하는 사람들을 종종 보아 온 나로서는 부부의 애정 문제도 그렇게 쉽게 이야기할 수가 없다.

그날은 중년 여자와 상담이 예약되어 있었다. 약속 시간이 되어 그녀가 상담실로 들어오는데 첫인상은 꾸미지 않은 수더분한 차림새에 평범한 주부의 모습이었다. 40대 중반쯤 되었을까, 특이한 인상은 느껴지지 않아서 문을 열고 들어올 때는 '아이들 문제일까?'하는 생각도 들었다.
그녀를 반갑게 맞아들이며 "무엇이 궁금하세요?"하고 물어보았다. 그랬더니 부부 궁합을 상담 받고 싶다는 것이었다.
관상을 보지는 못하지만 풍기는 인상으로는 그저 평범한 삶을 살아온 사람같았다. 하지만 부부 사이에 어떤 문제가 있는지는 카드를 열어 봐야 알 수 있을 것이다. 앞에 놓인 카드에 집중하면서 상담을 시작했다.
선택된 첫 카드를 보는 순간 느낌은, 풍기는 이미지와는 달리 무척 근심이 많고 생각이 복잡해 보였다. 18번 카드는 달 그림이기 때문에 전반적으로 어둡거나 생각이 많다는 뜻이다. 보통 좋은 일이 있다면 즐거운 카드가 나왔을 텐데, 둘의 관계가 밝지 않기 때문에 첫 장에서부터 18번 카드가 선택되었을 것이다. 현재 그녀의 심리 상태가 불안하고 복잡하다는 암시를 받으며 이야기를 꺼냈다.

"현재 심리 상태가 전반적으로 불안하다는 것이 먼저 느껴집니다. 생각이 많아서 복잡하고, 그게 쌓여서 정신 건강까지 어두울 수 있다고 나오네요. 두 분의 관계가 어떤지 아직은 모르겠지만, 좀 더 편하게 생각하시고 여유를 가지시는 게 도움이 될 것 같습니다.

다음의 에페 카드를 연결해서 보니, 부부 관계가 무언가 예민해져 있다는 느낌이 들었다. 에페 카드는 옆 카드에 따라 긍정적으로 해석할 것인가, 부정적으로 해석할 것인가가 결정된다. 에페 카드는 중성적인 이미지가 있기 때문에 그런 전반적인 상황을 잘 판단해서 보아야 한다. 옆의 18번 카드는 장점도 있는 카드지만 보통은 어두운 쪽이 많은 편이다.

“ 이번에 나온 카드도 계속 예민하다고 말해 주고 있습니다. 예민하다는 것은 행복하지 않기 때문에 나오는 것이거든요. 무엇 때문에 예민한지는 모르겠지만, 일단 지금은 본인의 심리 상태가 안정되지 않았다는 것은 분명한 것 같습니다.

마지막 세 번째 4번 카드는 남자 카드기 때문에 남편으로 해석해야 한다. 남편의 성격은 밖에서는 잘하고 집에서는 무뚝뚝한 전형적인 한국 아버지의 모습같았다. 결국 이것이 문제였을까.

“ 남편분은 사회적으로 인정받고 일도 잘하시는 분인 것 같은데요. 하지만 전형적인 한국 남편 스타일처럼 보입니다. 무뚝뚝하고, 고지식하고, 가부장적인 성향을 많이 갖고 계신 것 같습니다. 남편의 이런 성격 때문에 예민하실 수도 있을 것 같네요.

현재 상황을 전체적으로 보면 한마디로 ‘재미 없는 가정’으로 읽히고 있었다. 아내 입장에서는 힘들 수도 있겠다 싶었다.

“ 지금 이 세 장의 카드는 현재 심리 상태가 이렇다는 것이고요, 좀 더 자세히 질문의 답을 알려면 암장을 열어 보아야 합니다. 잠시만 기다려 주세요.

선택된 카드에 이어 4번 카드가 다시 한 번 나오고 있었다. 복수 카드의 의미를 먼저 생각해 보면, 앞에서 암시를 주었듯이 부인은 남편의 성격 때문에 지금 많이 힘든 것으로 보였다. 4번 카드는 '황제'이므로 남편은 가부장적인 성향이 강한 사람으로 볼 수 있었다. 이런 사람과 같이 살려면 아내는 남편의 비위를 맞춰 줘야 되고, 그렇다고 남편이 애정 표현을 해 주는 것도 아니니 한마디로 행복한 결혼 생활은 아닌 것으로 느껴진다. 그녀는 아마도 남편을 위한 결혼 생활이라고 생각하고 있을 듯했다.

이런 남편을 당해 내려면 꼬리를 여러 개 달고 나온 여우처럼 그야말로 상대에게 맞춰야 한다. 그런데 2번 카드가 나온 걸로 봐서는 부인 성격도 그렇게는 못 한다는 것으로 해석되었다. 2번 카드에서는 성숙하긴 하지만 애정에서는 젬병이라는 뜻이 나온다. 그러면 이 상황을 어떻게 풀어 가야 할까?

그 답은 20번 카드에 있다. 서로 대화를 나누며 소통하는 것으로 시작해야 한다는 것이다. '분명 결혼하기 전에도 서로의 성격을 알고 계셨을 텐데.' 하는 생각이 들었다. 그러나 노력하지 않고 방치해 두다 보니 이런 문제가 쌓이고 곪아서 심각한 상태에 이르렀을 것이다. 이런 부부의 성격적인 문제는 한 명이 맞춰 가면서 대화로 푸는 것밖에는 방법이 없을 듯했다.

" 암장 카드를 열어 보니까 남편 성격이 많이 부각돼서 나왔어요. 아내분이 상담하러 오셔서 그런지 남편 쪽에서 풀어야 할 숙제가 많은 것 같긴 합니다. 혹시 결혼하기 전에 남편의 성격을 모르셨나요? 남편은 '고지식'이라는 단어가 참으로 잘 어울리는 분이신 것 같아요. 여기 암장 카드에서도 마찬가지로 나왔습니다. 남편의 성격, 성향 때문에 S님께서 많이 힘들고 부부의 애정도 식어 가는 느낌입니다. 원래 궁합이 잘 맞는 것 같진 않았지만, 이렇게 간다면 미래도 밝지 않을 것 같습니다. 점점 더 투명 인간으로 살게 될 것 같아요. 남편만 나쁘다는 것이 아니고, 본인도 좀 더 감각있게 여성성을 보여 주시고 상냥하게 하셔야 가정의 행복과 사랑이 생길 것 같습니다.

남편의 가부장적인 성격은 남편의 부모님이나 집안에서부터 배어 나온 것 같았다. 집안의 장남이거나 어릴 때부터 집에서 중요한 책임을 졌거나 해서 그런 성격이 더욱 깊어졌는지도 모른다.

" 남편분의 이런 성격은 어릴 때부터 굳어진 것으로 보일 만큼 지금 카드에서 강하게 부각되고 있어요. 어쩔 수 없이 S님께서 많이 노력하셔야 될 것 같습니다. 보이지 않는 짐이 많으실 것 같네요. 너는 너대로 나는 나대로 살아가는 모습이어서, 이런 것들을 해결해야 좀 더 행복한 가정을 꿈꿀 수 있겠어요.

호로스코프 벨린 보조 카드를 하나씩 열어 보았다.
그래도 카드에서 완전히 깨지지는 않아 다행이었다. 부인은 그냥 한탄하는 것이지 헤어지려고 하는 것 같진 않았다. 전체적인 마르세유 카드에서 별거나 헤어짐은 없었고 주로 성격적인 문제가 부각되었을 뿐이다. 호로스코프 벨린에서는 첫 카드인 구름 카드에서 그녀가 가정을 지키고 싶어 하는 모습이 보였다.

" 보조 카드를 보고 정리를 하자면요, 두 분은 크게 문제가 생겨서 헤어지려고 하는 것 같진 않고요, 화목한 가정이 되기를 바라는 S님의 바람이 느껴져요. S님께서 이별을 생각하시지는 않을 것 같은데요. 그리고 확 지르는 성격도 아니라서 그렇게는 못 하실 거예요. 그럼 만들어 가는 방법밖에 없습니다. 열심히 꾸준히 만들어 간다면 두 분의 관계가 조금 변할 수도 있지 않을까 생각이 듭니다.

두 번째 비즈니스 카드에서 또 남편이 보이고 있었다. 위의 에페 카드와 함께 세로로 읽어 보면, 남편은 곧은 사람이어서 밖에 나가 한눈팔거나 이상한 짓을 할 사람은 아니라는 것이다. 그저 열심히 일하는 모습만 보였다.

> 다행인 것은 남편분이 문제를 일으키는 분은 아니라고 나오고 있어요. 문제라면 도박, 술, 여자 같은 것이겠죠. 그런 쪽하고는 거리가 멀고 책임감 있게 일만 열심히 하시는 분인 것 같아요. 다행이에요.

다음은 조상 복 카드였다. 마르세유 4번이라는 강한 남자 카드가 두 장이나 나온 데다 18번이라는 가정 카드도 있었고, 호로스코프 벨린 카드 역시 조상 복 카드가 나온 것으로 봐서는 부부 관계도 물론 중요하지만, 어른들에게 신경을 써야 할 것으로 보였다. 시댁과 처가 문제가 있을 수도 있겠다 싶었다.

조상한테 신경 쓰고 잘하라는 이 카드는 하는 만큼 복이 들어온다는 뜻이다. 아마도 남편은 그런 사람인 것 같았다. 세로로 보면 4번 밑에 다시 4번, 그 밑에 조상 복 카드가 놓여 있다. 따라서 지금 남편이 신경 쓰는 것은 부부의 애정보다는 자신의 부모님과 장남의 책임감 같은 것이 아닐까하는 생각이 들었다.

또 한편으로는, 이렇게 말하면 좀 무겁겠지만 조상 복 카드가 나왔기 때문에 두 부부는 예쁜 궁합은 아니지만 하늘에서 도와주고 있다는 느낌이었다. 어쩌면 이 부부는 여기서 실마리를 찾아야 할 수도 있겠다는 생각이 들어 좀 더 마음을 써서 말을 이었다.

" 마지막으로는 어른들께 잘하라고 나오네요. 여러 가지 뜻이 있겠지만 두 분 사이가 나빠지는 것은 불효겠죠? 그러니까 노력하고 대화하면서 재밌게 지내라는 의미인 것 같습니다. 제가 느낀 것으로는 남편분이 장남의 역할을 해야 되나 봐요. S님께서 시댁에도 신경을 많이 써야 될 것 같습니다. 그래야 모든 복이 들어올 것 같아요. 두 분의 기본 궁합은 원래 잘 안 맞는다고 나왔습니다. 알고 계셨겠지만요. 이제부터라도 노력을 해 보세요. 함께 살아가야 할 시간이 아직 많이 남았잖아요. 카드에서도 이별수는 없었어요. 앞으로 나는 나, 너는 너 이런 부부가 안 되려면 나부터라도 변화를 줘서 바꿔 보세요. 남편이 변화를 주지 않는다면 나부터라도. 그런데 남편한테 기대는 안 하시는 것이 좋을 것 같네요. 맞아요, 어려운 숙제지만 노후에 숙제를 잘 마무리했다는 것을 느꼈으면 좋겠습니다. 그래야지 자녀분들한테도 복이 따라가지요. 다음에는 웃는 얼굴로 만났으면 좋겠습니다. 아, 그리고 쇼핑도 하시고 립스틱도 발라 보세요.

나의 이야기를 신중하게 듣고 있던 그녀는 먼저 가벼운 한숨으로 입을 열었다.
"휴……, 정말 지금까지 재미없게 형식적으로 결혼 생활을 해 왔어요……. 이혼이라는 건 깊이 생각해 보지는 않았어요. 하지만 이렇게 계속 사는 건 정말 의미 없고 무료해서요……. 돌파구를 찾고 싶어서 아는 사람 소개로 용기 내서 찾아온 거예요."
그녀는 그동안의 결혼 생활에 대해 힘없이 이야기를 이어 갔다. 남들이 다 결혼하니까 급해서 그냥 결혼을 했는데, 아니나 다를까 너무나 삭막한 결혼 생활이었다는 것이었다.
"알콩달콩이라는 단어는 전혀 느낄 수 없고 그저 무늬만 부부로 각자 생활했어요."

시댁하고는 왕래를 하지 않은지 꽤 됐다고 했다. 남편도 부모님도 성격이 강해서 자주 부딪치고 자신도 시댁하고 맞지 않아서 멀리하기 시작했다고 한다. 그래서 남편은 가족애를 더 못 느낀 것 같다고도 했다.

"이대로는 안 될 것 같은데 아무도 해결해 줄 수 없다는 거 저도 잘 알아요. 어려운 숙제를 한 개도 아니고 여러 개를 받고 가는 것 같네요."

그녀는 마지막으로 다시 한 번 "휴……."하고 길게 한숨을 내쉬면서 자신의 이야기를 끝맺었다. 문을 열고 나갈 때 혼잣말처럼 "노력은 해 보겠습니다."라고 이야기해서, 나는 눈빛으로나마 힘내라는 마음을 전했다.

부부 사이에는 힘들고 풀기 어려운 문제가 많겠지만, 그래도 노력한다면 지금보다는 행복한 가정을 꾸려 나갈 수 있을 것이다. 문제가 없는 사람이 어디 있겠는가. 그래도 우리는 희망을 바라보며 오늘을 살아가야 하지 않을까.

Episode 08

/

사랑은 나중에

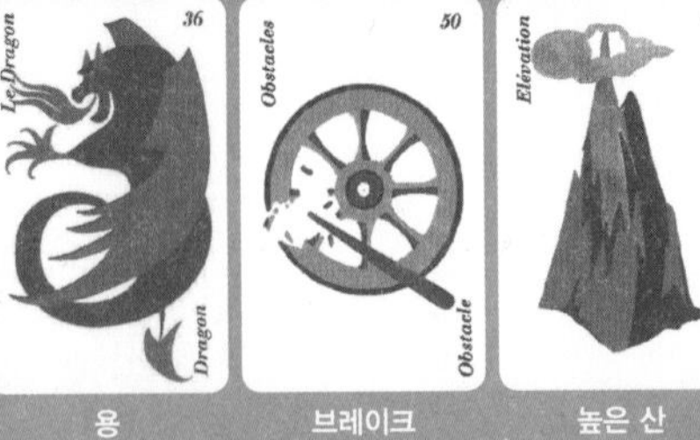

용 브레이크 높은 산

투잡으로 시작한 나의 타로 상담은 일반 카페에서 맨 처음 시작했다. 타로를 전문적으로 보는 곳이 아니다 보니, 카페에 놀러 왔다가 가볍게 상담을 받는 경우가 많았다.
밤늦은 시간, 많은 사람들이 자리를 떠나고 카페에는 남자들 한 무리만 테이블에 앉아 있었다. 술을 한잔 걸치고 커피를 마시러 온 듯했다.
그중 한 중년의 남자가 상담을 요청하며 다가왔다. 원래 음주 후에 상담을 하면 집중도가 떨어지기 때문에, 되도록이면 그런 상담은 하지 않으려 한다. 그러나 그는 칵테일만 조금 마셨을 뿐이라고 해서 상담을 진행했다.
보기에는 50대 중반쯤 된 것 같았는데 의외로 연애운을 보고 싶다고 했다.
처음에는 '술기운에 장난스럽게 상담을 하려고 하나?'하는 생각도 들었다.
'가정이 있는 분이 아니신가? 설마 바람피우고 싶다는 건 아니겠지?'
이런저런 생각이 들기 시작했다.
상담할 때 선입견은 절대 금물이다. 겉모습을 보고 판단하지 말고 최대한 객관성을 유지해야 한다. 여러 가지 생각이 자꾸 내 머릿속을 흔들기 시작했지만, 큰 호흡으로 마음을 가다듬고 카드를 만지기 시작했다.

“ 이 카드들을 집중해서 섞으시고 세 장을 뽑아 주세요.

술 때문인지, 카드를 뽑는 그의 손이 조금 어색하고 둔탁하게 느껴졌다.

“ 지금 선택한 이 세 장의 카드는 아직 답은 아니고요, 현재 상황과 과거에 대한 의미가 나타납니다. 그럼 그림을 보겠습니다.

소량의 술이긴 하지만 어쨌든 알코올이 들어가서일까, 첫 카드는 정상적으로 나오지는 않았다. 16번 카드는 무너지고 깨지는 의미가 많은 카드다.

“ 첫 장에서는 술을 조금 하셔서 그런지 장난스러운 그림이 나왔네요. 현재 결혼하셨는지 어떤지 모르겠지만, 이 첫 장의 그림은 지금 정상적인 상황은 아니라는 뜻입니다. 빨리 두 번째 카드를 열어 보겠습니다.

그가 가볍게 생각해 이런 카드가 나온 것이겠지하는 생각을 하며 두 번째 카드를 살며시 열어 보았다. 이번에도 안정된 카드는 아니었다. 그제야 그가 술을 마셔서가 아니라, 정말 본인의 상황이 나오고 있는 것임을 눈치챘다. 13번 카드의 이름은 무명이다. 즉 데스 카드다. 그래서 애정으로 봤을 때, 단도직입적으로 표현하자면 ‘없음’이라고 해석된다.

“ 두 번째 그림도 심상치 않습니다. 애정 문제가 평범하지 않나 봐요. 첫 장 그림을 봤을 땐 칵테일도 드셨고 해서 가볍게 생각했는데 두 장이 이런 그림으로 나왔다는 것은 애정에 대해서 과거나 현재가 좋지 않다는 뜻으로 봐야 합니다.

세 번째 카드를 보니 산 넘어 산이었다. 다 깨지고 엎어지고 바닥에서 헤매고 있는 상황이었다. 현재 상황에서 특히 16번 카드가 복수로 나왔다는 건 그가 연애나 결혼운 자체가 없든가, 현재 상대가 있다고 해도 깨졌든가 또는 깨진다는 의미다. 상담할 때 처음부터 딱딱하고 무거운 표현을 하는 것은 웬만하면 피하려 하지만, 이번 경우에는 좋은 이야기를 하고 싶어도 그럴 만한 구석이 전혀 없었다.

“ 세 번째 그림에서는 더 불안하다고 나오고 있습니다. 똑같은 그림이 나오면 그 뜻이 더 강한 것인데, 이 그림의 뜻을 풀이하자면요, 결혼하려 한다면 파혼할 수 있고 결혼 생활을 한다면 별거나 이혼을 조심하라는 것입니다. 우리가 보통 정상적으로 생각하는 애정의 흐름은 연애하고 가정을 만들고 아이를 키우는 거라고 할 수 있을 텐데요, 현재 이 세 장의 그림이 전부 엎어지고 깨지고 부러져서 좀 당황스럽네요. Y님께 정상적인 애정이 안 보인다는 뜻입니다. 아마도 이게 Y님의 현실일 수도 있겠다는 생각이 듭니다. 만약 지금 결혼 생활을 하신다면 화목하게 지내기 힘든 상황일 것 같고요, 아직 미혼이시라면 결혼을 말리고 싶을 정도입니다. 가정을 꾸미기엔 상당히 불안정한 요소들이 많이 나오고 있어서요. 그래서 질문하셨던 새로운 애정도 현재로선 매우 힘든 분위기라고 생각됩니다.

그러자 그는 좀 언짢은 표정으로, “기분 좋게 가볍게 한번 보려고 한 건데 뭐가 그렇게 심각해?”라며 툭 내뱉었다.
그런 그의 반응이 조금 당황스럽긴 했지만 마음을 추스르고 다시 상담을 이어 갔다.

“ 처음부터 어두워서 기분 상하실 수도 있지만 양해해 주시고요, 잠시만 기다려 주세요. 암장 카드를 보면서 더 자세한 내용을 봐 드리겠습니다.

그런 후 암장을 열어 보니, 마찬가지로 암울했다. 또 산 넘어 산, 얼마나 넘어야 할지 모를 지경이었다.
그는 애정 운을 물어보았지만 이성 카드는 하나도 보이지 않고 그의 삶 자체가 보이고 있었다. 암장 카드 4번, 5번, 9번은 애정을 표현해 주는 것이 아니고 그의 가족을 의미하는 것으로 해석되었다.
선택된 카드와 암장을 전체적으로 보면, 13번, 4번, 5번, 9번 카드는 '어른', '책임자', '장남', '조상'이라는 비슷한 매뉴얼이 있다. 그런 느낌으로 봤을 때 그는 인생을 재정비해야 하는 시점인 것 같았다. 암장의 인물 카드가 전부 남자 어른으로 나와서 집안 어른과의 끈끈한 연관이 보였지만, 그림 자체가 무거워 보여 왠지 조상 덕을 보는 것이 아니라 그가 복을 차고 있는 듯이 보였기 때문이다. 조상 카드가 많이 나왔지만 다른 그림들이 멋지게 받쳐 주지 않고 어둡게 놓여 있기 때문에 그가 뭔가 잘못하고 있다는 느낌이었다. 부모님이나 형제자매와 연을 끊고 산다거나 뭔가 인생이 꼬인 듯한 그림이었다.
또한 전반적으로 그림이 힘들고 어두우며 섞이지 않는 모습이기 때문에 경제적인 문제나 건강도 안정적으로 보이지 않았다. 정말 모든 것이 심각해 보여 '이 상담을 제대로 끝낼 수 있을까?'하는 생각까지 들어 당황스러웠다.

“ 우선 암장 카드에서 이성 카드는 보이지 않고 있습니다. Y님께서는 새로운 인연이 궁금하다고 하셨지만, 지금 이 답을 봤을 때는 Y님께 애정 문제가 중요한 것 같진 않습니다. 제가 전달해 드리고 싶은 말은, Y님께서 빨리 삶에 변화를 줘야 된다는 것입니다. 애정은 차후 문제인 것 같습니다. 경제력도 알차게 만들어 가야 할 것 같고, 본인의 가정도 그렇지만 부모, 형제자매도 돌봐야 할 것 같습니다. 여기 모든 카드에서 어른이나 가족이나 주변 사람들을 더 신경 쓰라고 나옵니다. 이분들은 Y님 주변에 계시는 분들 같아요. 만약 가정을 신경 안 쓰신다면 Y님께서 원하시는 일들도 잘 이루어지지 않을 것 같습니다.

그는 대뜸, "나는 지금껏 내가 하고 싶은 대로 살아왔고, 터치 받고 잔소리 듣는 건 질색인데."하는 것이었다. 참 난처했다. 나는 심호흡을 한 번 더 하고 나서 이어 말했다.

" 제가 왜 이렇게 가정에 신경을 쓰라고 하냐면요, 여기 대부분의 그림이 책임지라는 것을 의미하고 있어요. 책임져야 할 것을 책임지지 못하고 리드하지 못하신다면 모든 삶이 정상적으로 흐르지 않을 것 같아서 그러는 것입니다. 모든 일에 순서가 있듯이 Y님도 순서대로 하는 것이 순리인 것 같고요, 만약 지금 가정도 잘 지키시고 부모님도 잘 모시고 계신다면 더 신경 써서 잘하라는 채찍질이라고 생각해 주세요. 그럼 보조 카드에서는 어떤 상황이 나오는지 보여 드리겠습니다.

호로스코프 벨린 첫 장인 용 카드는 원하는 것이 이루어지지 않으니 울화통이 터져서 불을 뿜고, '답답하다'는 뜻이다. 또 세로로 봤을 때 16번 카드와 용이 나란히 있어서, 그가 원하는 인연은 역시나 들어오지 않는다고 봐야 했다.

" 보조 카드 첫 장에서도 안정된 애정은 보이지 않습니다. 본인 생각만큼 뜻대로 안 되니 답답해서 화를 토해 내고 있는 모습이에요.

다음 카드를 보니 애정만이 아니라 인생 자체가 꼬이고 불안해서 어떤 일이든 덜컹덜컹 부딪치는 모습이 계속 나오고 있었다. 이 브레이크 카드를 마르세유 13번 카드와 연결해서 읽어 보아도 그의 인생에 계속 장애물이 생긴다는 의미로 해석되었다.

" 뭔가 해결이 안되고 계속 브레이크가 걸리고 있는 모습입니다. 연인을 찾는 것보다 Y님의 인생에 브레이크가 걸리는 원인을 찾아서 해결하는 것이 더 급선무일 것 같습니다.

그가 어린아이라면 조근조근 방향을 잡아 주겠지만, 50대 중반의 남자에게, 게다가 마르세유 4번, 9번 카드를 보면 고집도 무척 완고한 성격일 듯하여 내 충고가 먹힐지는 의문이었다. 그의 얼굴도 깊게 받아들이는 표정은 아니었다.
보조 카드 마지막은 높은 산 카드였다. 소원과 뜻을 이루려면 가족들을 위해 기도라도 해야 할 것 같았다. 그가 완전히 바뀌지는 못하더라도 이 카드처럼 조금은 노력해 보았으면 하는 마음에 그의 굳은 표정을 애써 외면하며 설명을 계속했다.

" 여기 마지막 카드에서도 충고하듯이, 모든 뜻을 이루려면 가족을 위해 기도하고 노력하셔야 할 것 같습니다. 귀를 열고 주위 분들과 소통하셨으면 해요. Y님, 전체적인 카드를 보세요. 전반적으로 어둡잖아요. 이런 카드들이 괜히 나오지는 않습니다. 처음에는 술을 한잔 하셔서 장난스럽게 나오는줄 알았는데 그림을 보다 보니 너무 심각한 것 같아요. 이제 정리를 해 드리겠습니다. 질문하신 새로운 애정은 현재 어렵다고 나왔습니다. 카드에서 전반적으로 Y님께 보여 드리는 건,

본인이 지금 바꿔야 하는 생각과 행동들이 많다는 것입니다. 계속해서 인생 개척, 책임을 지라, 부모님을 챙기라고 나왔어요. Y님은 열심히 개척해야지만 바뀌는 인생인 것 같아요. Y님께서 이런 부분들을 생각하시고 정리를 잘하셔서 제2의 인생을 만들어 가셨으면 좋겠습니다.

내 말이 끝나자 그는 또다시 투덜거리는 말투로, "그냥 애인을 만들고 싶어서 가볍게 질문한 건데 뭐 이렇게 무겁고 복잡해."라고 던지듯 말했다.
나는 그냥 웃음으로 받으며, "저도 상담하기가 쉽지 않았어요."라고 대꾸했다. 그는 이혼해서 혼자 살고 있고 부모님은 이미 돌아가셨으며 형제들하고는 연락을 끊고, 제사는 모르겠다는 몇 마디를 내뱉더니, "근데 뭐 바꿀 생각은 없어. 잘 봤어요."하고는 자리에서 벌떡 일어나 휙 가 버렸다.
아직까지 내 머릿속에 남아 있는 건 굉장히 아쉬운 상담이었기 때문이다.
상담이 끝난 후 허무한 마음이 들어 집으로 돌아가는 발걸음도 무거웠다.
초창기 때의 상담이어서 그런지 더 진한 아쉬움이 남아 있다.
그 상담은 많은 생각을 하게 만들었다. 과연 내가 어디까지 상담을 해 주고 조언을 해 줘야 하는 것인지 판단이 서지 않았다. 그를 붙잡고 더 이야기를 나누어야 했을까? 아니면 더 이상 끼어들지 않고 그렇게 보내는 것이 잘한 것일까? 그는 나에게 어려운 숙제를 남겨 놓고 갔다.
좋은 상담을 하기 위해서는 항상 공부하며 정신적인 수련을 계속해야 된다. 남의 인생에 잠시 개입해야만 하는 카운슬러라는 직업은 자신의 마음도 스스로 상담할 수 있어야 한다. 정신적으로나 인격적으로 다듬는 노력을 게을리하면 타인의 고민 앞에서 그 무게에 짓눌려 자신의 중심을 찾기가 어려울 것이다.

Episode 09

/

오래된 연인

10

6

4

에페

독수리

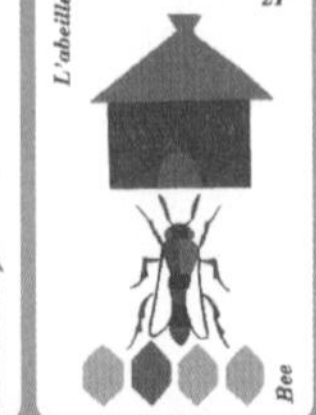

벌

병 메시지

보통 상담을 하다 보면 연애 상담이 하루에 70퍼센트 이상 된다. 쉬우면서도 어려운 문제이고 답이 없을 수도 있다. 연인들은 사랑하며 여러 감정의 단계를 겪게 되고, 연애의 모습도 가지각색이다. 연애 초반의 설렘, 뜨겁게 사랑하며 서로를 알아 가는 시간을 거치다가 때로는 격렬하게 싸우기도 하고 권태기에 빠지기도 한다. 금방 끝나는 연애도 있지만 오래 지속되는 연애도 있다. 잔잔하게 연애를 이끌어 가기도 하지만 헤어짐과 만남을 반복하기도 한다.

사람들은 천차만별의 고민을 들고 나를 찾아온다. 같은 연애 상담, 남녀 궁합이라도 그 안에는 갖가지의 사연이 담겨 있다. 또 어떤 이야기가 들어 있고, 즐거운지 심각한지 호기심인지는 내가 풀어야 할 과제다.

첫인상도 좋고 느낌이 밝은 여자가 상담실을 찾아왔다. 나는 언제나처럼 즐겁게 인사를 건네고 대화를 시작했다.

"처음 뵙는 것 같네요. 이리로 앉으세요."

그녀를 안내하고 나도 자리에 앉아 상담을 준비하며 그녀 쪽을 잠깐 보니, 그녀는 자기 무릎 위에 손을 가지런히 올려놓고 나를 바라보고 있었다. 얌전하고 성실해 보였다.

> 타로 상담할 때는 정확한 주제가 있어야 합니다. 예를 들어 애정, 직업, 건강, 매매 등…… 오늘은 어떤 것이 궁금하신가요?

상담을 준비하며 많은 것을 예상하지는 않는다. 그녀가 꺼내놓는 이야기, 그리고 타로의 그림이 말해 주는 것에 집중하기 위해서다. 그날도 서서히 하나씩 열어 보며 함께 답을 찾아갈 생각이었다.
드디어 그녀가 질문을 하기 시작했다.

> 지금 교제하고 있는 애인이 있는데요, 궁합이 잘 맞는지, 미래까지 함께 할 수 있는 사람인지를 알고 싶어요.

20대 후반 여자들이 많이 물어보는 질문이었다. 질문을 듣자마자 자연스럽게 그녀 앞으로 카드를 내주며 편안히 카드를 고르도록 도와 주었다. 곧 여섯 장의 카드가 테이블 위에 놓이고 그녀만의 연애 이야기가 신나게 펼쳐지길 기다리고 있었다.
마르세유 첫 번째 카드는 6번 카드가 선택되었다. 애정의 경우 6번 카드는 옆에 어떤 카드가 나오느냐에 따라 극과 극으로 해석이 되는 카드다. 카드의 이름은 '연인'이지만, 부정적으로 해석되는 경우에는 '삼각관계'나 '우왕좌왕 고민하고 있다'는 뜻도 된다.

> 이 카드의 의미는 두 가지로 해석될 수 있어요. '연인'이든지 '지금 고민이 많든지'예요. 다음 카드를 보면서 연결을 시켜야 되지만, 연인으로 해석되면 좋겠네요.

다음의 4번 카드가 안정적이어서 일단 현재는 큰 고민거리는 없는 것으로 느껴졌다. 4번 카드는 전반적으로 '안정'을 뜻하기 때문에 '지금까지 두 사람의 애정은 괜찮은 상태다'라고 해석할 수 있다.

" 두 번째 카드를 보니까 역시 첫 카드가 좋은 쪽으로 해석이 되네요. 두 분은 좋은 연인 관계로 보이고, 지금은 큰 이상이 없는 것 같아요. 사랑하는 감정으로 잘 만나고 있는 것 같습니다.

4번 카드는 상대 남자의 성격으로도 읽을 수 있다. 남녀 궁합이든, 동업이든, 회사 파트너든, 어떤 종류의 궁합을 질문하든 간에 선택된 세 장의 카드에서는 반드시 질문자와 상대를 찾아야 한다. 그 점을 반드시 인지해야만 깊은 상담으로 진행할 수 있다.

" 애인분은 리더십이 있는 남자다운 성격으로 보입니다. 비열하게 눈치를 본다거나 머리 굴리고 상대를 이용하는 분 같진 않고요, 자신의 삶을 열심히 사는 분이신 것 같습니다.

마르세유 세 번째는 에페 카드가 나왔는데, 연결해서 해석하자면 '연인 사이에서는 완벽이라는 건 없기 때문에 '약간 예민한 부분도 있다'는 정도로 보면 된다. 여기서 에페 카드는 깊은 뜻은 없는 것으로 보였다.
지금까지의 카드를 정리해 보면 처음 6번 카드는 지금 상황, 즉 '이들은 연인 관계다'로 읽을 수 있고, 4번 카드는 남자의 성격으로 정직하고 곧은 이미지다. 에페 카드는 그녀의 현재까지의 감정으로 해석하면 좋을 것이다. 무슨 결정을 내리든가, 받고 싶은 심정일 수도 있다.

"좋을 땐 좋지만, 사람이라는 동물은 감정을 가지고 있는 존재이기 때문에, 두 분도 당연히 좋은 감정만 가지고 있진 않겠죠. 여기 있는 칼처럼 예민하고 부딪칠 때도 있다는 얘기입니다. 무언가 결정을 내리고 싶은 마음도 있는 것 같아요. 예를 들면 두 분의 미래를 확실히 결정하고 싶은 심정 같은 것이겠죠. 현재 상황에서는 이렇게 여기까지 보이고 있습니다. 그럼, 앞으로 두 분의 미래가 어떻게 변화가 되는지는 답 카드, 암장을 보면서 다시 말씀드리겠습니다.

답 카드에서는 '인연'이라는 한 장의 카드가 나왔다. 그 뜻은 깊은 인연이 있는 사이라서 쉽게 헤어짐은 없다, 앞으로 두 사람의 만남은 지속될 것이라는 뜻이다.

"두 분의 만남은 짧게는 안 갈 것 같네요. 깊이가 있어 보여요. 여기 나온 이 한 장의 카드의 뜻은 '인연'이라는 것입니다. 두 분은 오래 만남을 이어 온 것 같고, 앞으로도 이어 갈 수 있다고 나옵니다. 제 느낌으로는, 인연이라는 답이 나와서 두 분 사이가 편안한 것은 있어 보입니다.

암장에서 10번 카드 한 장만 나와서 그런지 크게 발전되는 느낌은 받을 수 없었다. 왠지 오래된 연인 같은 느낌이었다. '편안함', '안정감', '배고프면 밥을 먹는 듯한 당연함' 이런 단어들이 연상되었다. 나쁘지는 않지만, 긴장감이 없기 때문에 서로의 존재감이 상실될 수 있겠다는 생각이 들었다. 애정에서 10번 카드의 의미는 '인연', '연인', '발전 없이 돌다', '왔던 사랑이 다시 온다'는 등의 뜻이 있다. 그럼 여기서 어떤 단어를 선택해서 적용해야 할까? 선택된 카드와 연결해서 읽어 보면, 에페 카드에서 그녀는 무언가를 결정하고 싶고 예민하다고 나왔다. 둘의 관계에서 미래를 결정하고 싶은데 상황이 잘 안되니까 그 의미를 대신한 에페 카드가 나온 것으로 볼 수 있다. 그러므로 둘의 애정 관계는 당분간 뚜렷한 발전 없이 다람쥐 쳇바퀴라고 해석되는 것이다. 변하는 것이 없기 때문에 그녀 입장에서는 답을 찾고 싶은 심정일 수도 있다.

이 커플은 만남은 길게 이어 갈 수 있어 좋아 보였지만, 너무 긴장감이 없기 때문에 떨리는 감정은 느껴지지 않아 그것이 아쉬운 점이었다. 남자는 분명 좋은 사람으로 보였다. 그런데 남자다운 모습은 장점이지만 여자를 섬세하게 챙겨 주고 다정다감하게 대하지는 못하는 성격이어서 연인으로서는 그렇게 재미있는 상대는 아닐 듯했다. 계속 직진은 하지만 가슴 뛰거나 흥미로운 점은 많이 떨어지는 느낌, 그냥 술에 술 탄 듯 물에 물 탄 듯한 커플인 것이다.

“ 제가 길잡이로 드리고 싶은 것은, 편한 것은 좋지만 만남을 편리하게 만들어 가면 안 될 것 같아요. 그냥 형식적으로 만나서 밥 먹고 차 마시고 영화 보고, 다음 주에 만나서 또 밥 먹고 차 마시고 영화 보고, 그러다 보면 그냥 편안해져서 긴장감이 사라진다는 말입니다. 긴장감이 없다는 것은 서로에게 소홀해질 수 있다는 것이 암시되어 있는 겁니다. 두 분에게 똑같이 필요한 건 서로에 대한 긴장감을 찾는 거예요. 물을 드실 때도 맹물만 드시지 마시고 여러 가지 향을 첨가해서 마시면 자극도 되고 피로회복도 되듯이요. 같은 물이라도 온도의 차이가 있어야지 더 소중함을 느끼잖아요. 예를 들어 이벤트나 레포츠를 함께 즐길 수 있는 커플 동호회 같은 걸 해 보시면 어떨까요? 지금 당연히 두 분 관계가 이상하게 변화되는 것은 아니지만, 이런 맹물 같은 느낌으로 계속 연애를 한다면 나중엔 의미 없는 만남이 될 수도 있으니까 참고하시면 좋겠습니다. 이벤트 같은 자극적인 상황이 앞으로도 쭉 없다면 님은 계속 예민해질 수 있으니까요, 서로 상의해서 좋은 꺼리를 만들어 보세요. 그래도 두 분은 인연이 있어서 보기는 좋네요.

마르세유 카드에서는 연인으로 지속이 되는 것으로 해석되었다. 그 느낌을 갖고서 호로스코프 벨린 카드를 열어 보니 첫 번째로 독수리 카드가 나오고 있었다.
독수리 카드를 읽는 방법은 좀 특이하다. 마르세유 카드가 전체적으로 좋게 해석이 됐다면, 이 그림에서 독수리를 선택할 것인지 두꺼비를 선택할 것인지를 물어 하나를 고르도록 한다. 독수리를 선택할 경우 좋은 쪽으로 계속 흘러가는 것이고, 두꺼비를 선택할 경우에는 아직 자신이 없다고 해석하게 된다. 그에 따라 상황에 맞게 해석을 해 주는 것이다. 마르세유 카드가 전반적으로 불안하게 나왔을 때는 선택하지 않고, 독수리 날개가 접혀 있기 때문에 질문의 흐름이 힘들게 간다라고 풀이하면 된다. 마르세유 카드가 전반적으로 괜찮았기 때문에 그녀에게 하나를 선택하라고 이야기했다. 그녀는 "독수리요."라고 나지막한 목소리로 대답했다.

“ 자, 그럼 해석해 드리겠습니다. 원하시는 애정에 대한 결론은 당장 나오지는 않았지만, 독수리처럼 힘이 남아 있기 때문에 언젠간 두 분의 애정이 결실을 맺어 멋지게 비상할 것 같습니다. 그래서 지금은 잠깐 날개를 접고 쉬고 있는 시간이다라고 말씀드릴 수 있겠어요.

다음으로는 벌 카드가 나왔다. 벌은 식량을 만들 때 한 번에 옮기지 못한다. 수백 번, 수천 번을 옮기며 티끌을 모아 태산을 이룬다. 이 커플의 애정도 아주 천천히 갈 것이다. 마르세유에 이어 벌 카드에서도 그런 뉘앙스를 다시 한 번 확인시켜 주고 있었다.

"제가 보기에 원래 두 분은 정열적으로 만들어 가는 성격들은 아닌가 봐요. 벌처럼 열심히 진행하고 성실하게 가는 모습들이 자꾸 보입니다. 너무 오랫동안 쉬다 보면 당연히 문제가 생기니까 그것만 주의하시면 될 것 같네요. 아까 제가 말씀드린 것들을 한번 실천해 보시고요.

마지막으로는 확정을 내려 주듯이 병 메시지 카드가 펼쳐졌다. 두 사람의 애정의 끈은 계속 이어져 갈 것이다. 역시 인연이라는 것은 무시하지 못할 것 같다. 이 커플은 진짜 인연이 강한 커플인 것 같았다.

"이러시다가 보통 권태기가 찾아와서 헤어지는 분들도 많은데, 두 분은 복이 있나 봐요. 계속 인연과 좋은 메시지가 주변에서 돌면서 비춰 주고 있네요. 이런 것이 바로 보이지 않는 복이라고 생각합니다. 저의 충고는 두 분의 미래를 위해서 좀 더 탄탄하게 만들어 가시라는 길잡이를 해 드리는 거니까요. 앞으로는 신나고 즐거운 일들도 한번 계획해 보시기 바랍니다. 인연은 돈 주고도 만들 수 없기 때문에 들어왔을 때 관리를 잘해야 된다고 생각해요. 이제 정리하자면, 두 분은 전생에 깊은 인연으로 묶여 있어서인지 현생에서도 인연이 깊은 것 같고요. 그러나 연애의 맛은 맹물이라고 정리해 드리고 싶네요. 탄산수처럼 가끔은 톡톡 쏘는 연애가 되길 바라겠습니다. 시작하는 연인들의 연애 초반처럼 상큼 발랄하게요. 애인한테도 꼭 전해 주세요.

훈훈하게 끝을 맺자 그녀도 기분이 좋은 듯 입 꼬리가 살짝 올라갔다. 그녀는 지금 큰 문제는 없고 극히 평범한 커플이라고 자신들의 연애를 이야기해 주었다. 다른 커플들처럼 유별나게 계획을 세워서 데이트하는 것도 아니고, 결혼을 전제로 만나는 것도 아니라고 했다. 그렇게 만난 지 5년이

나 됐다고……. 그 말을 듣는 순간 '정말 참을성이 좋은 사람들이구나.'라는 생각이 들었다.

그녀는 "중간에 한 번 헤어지고 다시 만났어요."라고 덧붙여 말했다. 어쩌면 한 번 헤어져 본 것도 다행일 수 있었다. 똑같은 만남을 쭉 유지했다면 지금쯤 너무 지겨워서 이별이 불가피했을 수도 있을 것 같았다.

"한 번은 데이트를 하는데 너무 할 얘기도 없고 긴장감이 없어서 차 안에서 잠만 자고 온 날도 있어요."

그 말을 듣자 그냥 웃음이 나왔다. '정말 재미없는 커플이네.'하는 생각이 들었다. 그래도 큰 싸움은 없었고, 애인은 항상 그 마음 그대로였다고 한다.

"저도 가끔은 이러다가 그냥 친구같이 되고 나중엔 그냥 가족이 될까 봐 약간 두려운 마음도 있었어요. 지금까지 여행도 손가락에서 꼽을 정도로 적었고 특별한 이벤트도 없었어요."

그녀는 잠깐 생각에 잠기는 듯했다.

"정말 이러다가 어영부영 결혼해서 가족처럼 살게 될까 봐 걱정이에요……."

그녀는 말끝을 흐리더니, 결혼할 때 다시 찾아오겠다며 자리에서 일어났다.

그녀와 같은 연애를 하는 이들이 생각보다 많다. 그리고 비슷한 상담도 많이 해 보았기 때문에 특이한 경우는 아니라고 생각한다. 그러나 안정이 됐다고 해서 그 자리에 안주하지 말고 발전하는 모습을 가진다면 서로의 인생이 더 즐거워질 것이다. 그저 즐거운 연애를 했으면 하는 바람이다.

Episode 10

/

결혼에 대한 강박관념

11

3

8

10

1

2

11

16

11

꽃

열정

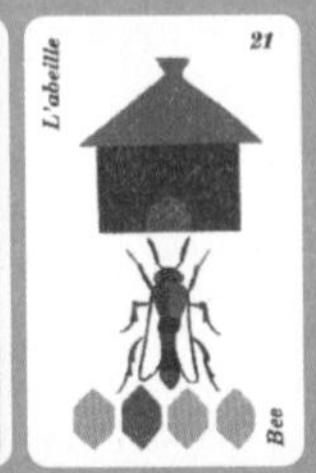

벌

오피스텔 복도에서 들려오는 하이힐 소리는 아주 씩씩하고 당당한 느낌을 주었다. 지금 오는 사람은 세련되고 똑 부러진 모습을 연상케 하는 여자일 듯했다.

벨이 울리고, 상담실 문을 열고 들어오는데 아니나 다를까 멋진 커리어우먼으로 보이는 사람이었다. 나중에 상담할 때 알았지만, 30대 중반이라고는 믿기지 않는 외모였다. 이렇게 당당한 사람은 어떤 고민이 있을까, 내심 궁금해서 곧바로 상담으로 들어갔다.

그녀는 질문도 당차게, 한 박자도 쉬지 않고 단숨에 쏟아놓았다.

> "결혼 적령기가 지났는데 결혼을 하는지 안 하는지, 한다면 언제쯤 하는지, 그리고 지금 만나고 있는 사람이 있는데 그 사람하고 결혼이 가능한지 알고 싶어요.

한마디로 결혼에 대해서 궁금한 것이었다. 먼저 지금 상대하고 결혼할 수 있는지 가능성을 상담해 준다고 이야기했다. 역시 그녀 나이 대의 대표적인 고민을 안고 온 것이었다.

우리나라에서는 결혼이 정말로 중요한 행사이기 때문에 누구든 그 나이가 되면 결혼에 대한 압박과 스트레스를 받기 마련이다. 결혼은 결코 쉬운 문제가 아니다. 결혼에 대해 상담 받으러 오는 사람들에게는 결혼을 빨리 못 하면 왜 못 하는지, 한다면 언제쯤 할 수 있는지를 충분히 이해시키면서 상담해야 한다.

지금 그녀도 카드를 보면 결혼 문제가 어떻게 진행될지 나올 것이다. 카드를 열면 시원한 답이 나오겠지만, 기승전결이 어떻게 흘러가는지 우선 과거와 현재 상황을 열어 보았다.

그녀가 선택한 마르세유 첫 번째 카드 11번에서는 그녀의 강한 의지가 느껴졌다. 빨리 결혼하고 싶어 하는 에너지가 확 들어온 것이다. 11번 카드의 이미지를 간단히 정리하자면, 여자가 사자를 잡고 입을 벌리려고 하는 모양이다. 그것은 어떤 질문에서든 소유하고 잡으려고 힘을 쓰고 있다는 뜻이다. 즉, 당연한 말이지만 그녀도 결혼을 빨리 하고 싶다는 마음과 지금 만나고 있는 상대를 꽉 잡고 싶은 마음이 고스란히 첫 장부터 나온 것이다.

“ 본인의 상황이 어떤지 먼저 분위기를 보겠습니다. 우선 당당하고 자기주장이 뚜렷한 분이라고 나옵니다. 한마디로 지금 모습처럼 커리어 우먼같이 멋지다는 것입니다. 똑 부러지는 성격이기 때문에 애정에서도 기면 기고 아니면 아니다, 딱 자를 수 있는 성격이라고 나오네요. 그리고 주제가 결혼이이어서 그런지 상대를 잡고 싶어 하는 모습으로 나왔습니다.

다음으로는 16번 카드가 선택됐는데, 우선 보이는 것은 두 사람이 애틋한 사랑의 감정으로 만나는 것 같진 않았다. 다르게 설명해 본다면, 그녀의 애정운은 지금까지 장기적으로 이어지지 못하고 짧게 짧게 이어 온 것 같은 느낌도 들었다. 16번 카드의 매뉴얼은 '길게 사랑하는 것보다는 금방 헤어짐이 있다'는 뜻이 더 강하다.

"그런데 애정이 원활하게 진행되어 온 것 같아 보이진 않습니다. 현재는 마치 비포장도로를 달리고 있는 것처럼 보이네요. 만약에 G님께서 지금 결혼생활을 하고 계셨다면 부부 관계가 평범하지 않았을 것 같아요. 왜냐하면 여기 두 번째에 있는 카드의 의미가 사랑에서는 자연스럽게 가지 못한다는 암시가 있거든요. 그래서 G님께 지금 만나고 있는 분과의 관계도 약간은 불안한 요소가 있는 것 같다고 말씀드릴 수 있겠네요.

현재 상황 카드에서 11번 카드가 복수로 나온 것이다. 11번 카드는 이미지 자체가 강하다. 그녀하고 상대방은 둘 다 강한 성격이어서 16번 카드처럼 길게 가지 못한다고 볼 수 있었다. 하지만 아직 결론을 내릴 단계는 아니라서 과거와 현재 상황으로 보면서 전개를 해 나가기로 했다.
여기서 중복되는 11번 카드는 그녀가 선택한 것이기 때문에 그녀 생각이 많이 나왔다고 봐야 한다. 그녀는 어쩌면 결혼에 집착하고 있을 수도 있을 것이다.

"같은 카드가 복수로 나왔는데요, 이 중복의 의미는 당연하겠지만 본인의 결혼 의지가 아주 강하다는 것으로 해석이 되고요, 한편으로는 서로의 관계를 나타내고 있는 것 같습니다. 이 카드 자체가 아주 강하거든요. 그래서 두 분 모두 부드러운 성격보다는 강하고 조금 욱하는 면도 있으신 것 같고요, 고집도 세서 관계가 덜컹거릴 수 있겠다고 볼 수 있습니다. 남자분도 그렇지만 우리 G님도 헌신이나 양보 같은 것과는 일단 거리가 있어 보이네요. 결혼은 하고 싶지만 상대를 좋아해서인지 단지 결혼을 원하는 건지 모르겠어요. 어쨌든 그런 모습이 보이고 있습니다. 더 자세한 내용은 이 세 장의 수를 다 더해서 수비학적으로 풀어서 답을 열어 드리겠습니다. 잠시만 기다려주세요.

암장 카드를 열어 보았더니 11번 카드가 다시 한 번 나오고 있었다. 마르세유 선택에 이어 암장까지 11번 카드가 전부 다 나온 것이다. 어떤 카드든 세 장이 다 나온다는 것은 거기에 아주 깊은 뜻이 있다는 의미다. 풀어 본다면 역시나 그녀가 결혼을 간절히 원한다는 것으로 해석할 수 있다. 11번 카드에는 '집착'이라는 뜻이 있지만, 그녀가 원하는 바가 아주 간절하다는 정도로 풀면 된다.

암장을 전체적으로 훑어보면 그녀와 그의 결혼은 쉽지 않을 것 같았다. 우선 암장이 많이 나오면 결론적으로는 복잡해진다는 의미가 깔려 있다. 11번 카드까지 더해서 암장이 여섯 장이나 선택되었다. 그런데 그중에 합이 맞는 카드가 하나도 없었다.

게다가 1번 카드는 '불안하다'는 뜻이 있어서 남자는 아직 결혼을 진지하게 고려하지는 않는 듯 싶었다. 남자의 개인적인 생활 자체가 안정되어 보이지 않았다. 그래서 그녀와도 깊은 관계를 맺기보다는 가벼운 만남으로 여길 듯했다.

여기서 3번 카드를 보면, 여자가 주도권을 잡으려 하는 것으로 보인다. 3번 카드가 '여왕'이기 때문에 성향 자체가 강하고 관계를 부드럽게 이끌어 가지 못할 것 같았다. 이런 사람들은 고집이 세서 어떤 상황에서 뜻대로 되지 않으면 날카롭게 부딪친다. 또 8번 카드에는 '예민하다'는 뜻이 있어서 이를 옆의 10번 카드와 같이 읽어 보면 '마음대로 안 풀리니까 예민하게 계속 돌고 돈다'는 의미다.

1번 카드 옆에 2번 카드는 이렇게 볼 수 있다. 2번 카드는 '어머니 같은 사람', '지혜로운 사람'이라는 뜻이 있기 때문에, 그 남자는 그녀와 같이 똑 부러진 성격의 여자보다는 어머니 같은 여자를 원할 수도 있다는 것이다. 카드들이 다 강한 이미지이고 복잡하게 나왔기 때문에 여기 있는 2번 카드는 그런 의미로 풀 수 있을 것이다.

그녀가 지금 상대와 결혼할 수 있는지에 대한 질문의 답은 점점 멀어지고 있었다. 이런 상대와 결혼을 한들 잘살 수 있을까 하는 의문도 들었다.

내가 먼저 암장 카드를 읽고 있는 동안 그녀는 재촉하는 눈빛으로 카드와 나를 번갈아 바라보며 입술을 꽉 물고 있었다. 그녀가 차분하게 들어 주길 바라며 어쩌면 그녀의 가슴에 상처가 될 수도 있는 말들을 조심스럽게 시작했다.

"똑같은 카드가 세 장이나 나왔어요. 이건 무슨 뜻이냐면, G님이 결혼에 대해서 강박관념 같은 걸 가지고 있다는 거예요. 사랑하는 사람과의 결혼을 기대하는 설레는 마음이 아닌, 무조건 빨리 결혼해야 한다는 조급함이라는 거죠. G님께서 신중하게 생각해야 될 것은요, 나이가 꽉 차서 빨리 결혼하려고 하는 건지, 상대방이 너무 좋아서 빨리 해야 되는 건지를 먼저 생각하시고 진행하셔야 할 것 같아요. 왜냐하면 이 세 장의 카드는 자칫 잘못하면 무서운 집착으로 변해서 잘못된 선택을 가지고 올 수도 있다는 거거든요. 그렇기 때문에 천천히 생각해 보고 또 생각해 보라는 의미예요.

그녀의 얼굴을 흘낏 보고 다시 설명을 이어 갔다. 암장 카드의 숫자만큼 이야기도 길어지고 있었다.

" 그리고 상대방은 자기 생활이 안정되지 않아 아직 결혼 생각은 없는 것 같고, G님과 천천히 데이트하고 싶은 심정인 것 같습니다. 그런 상태에서 밀어붙이고 부담을 주신다면 아마 두 분 사이는 더 안 좋아지실 거예요. G님도 아시겠지만 그분도 자기주장이나 고집이 만만치 않아서 자신의 상대로는 좀 부드럽고 온화한 분을 원하시는 것 같습니다. 지금 이 상황으로 봐서는 억지로 결혼을 진행하신다면 오히려 안 하느니만 못할 것 같은데요……. 이런 경우에는 결과가 불 보듯 뻔합니다. 결혼이 행복을 보장해 주지 못한다는 거죠. 급할수록 돌아가라는 말이 있잖아요. 일단 혼자서 곰곰이 다시 한 번 생각을 해 봤으면 좋겠습니다. G님의 질문에 대한 완벽한 답은 나머지 보조 카드를 열고 정리해 드려야 되겠지만, 전체적인 느낌은 썩 좋게 나오지는 않았네요. 보조 카드에서 큰 변화가 나오지 않는 이상 상대하고의 결혼 가능성은 멀어지는 느낌입니다. 그럼 나머지 카드들을 보겠습니다.

그녀의 입에서 무슨 말인가 터져 나올 듯하다가 다시 지그시 입술을 깨물며 잠자코 다음 카드를 바라보았다.
호로스코프 벨린 카드에서는 그녀에 대한 조언이 많이 나왔다. 첫 번째 카드는 꽃 카드지만 때로는 상황에 맞게 해바라기로 해석할 수 있다. 해바라기의 꽃말에는 '기다리라'는 뜻이 있다. 그녀는 지금 상대와 결혼하는 것보다 다른 상대를 기다리는 것이 더 좋을 것이다. 세로로 보아도 11번 카드 밑에 해바라기 카드가 있으므로 '지금 상대에게 욕심 부리지 말고 천천히 가라'는 뜻으로 풀이되었다.

" 여기 첫 장 카드에서도 두 분의 결혼운은 보이지 않고 있습니다. 해바라기처럼 계속 기다리고 인내하면서 천천히 갈 생각을 해야 한다고 조언해 주고 있어요.

아주 천천히 말입니다. 또 한편으로는 꽃은 밝은 것이기 때문에 본인이 조급함만 가지지 않는다면 그분과의 만남은 유지될 것 같습니다. 그분과는 그냥 재미있게 지냈으면 좋겠네요.

다음의 열정 카드는 위의 16번 카드와 같이 읽으면, '그녀의 생각만큼 안 되니 뒤죽박죽이고 울화통이 터진다'는 의미로 해석될 수 있다.

"결혼을 빨리 해야지 생각하면 울화통이 터져서 상대방에게 신경질적으로 대하게 되나 봐요. 힘드시고 짜증나시겠지만, G님께서 그러실수록 상대는 더 멀어질 수밖에 없으니까요. 마음을 좀 더 편하게 가지는 게 좋겠어요.

벌은 정말 차곡차곡 곡식을 모아 간다. 마지막 벌 카드에서는 천천히 가라고 정리해 주는 것 같았다.

"다시 천천히 가라는 조언이 나오네요. 꾸준하게 개미처럼 벌처럼, 지구력 있게 가라고 합니다. 나이가 찼다고 급하게 결정하지 말고 내 진짜 감정이 뭔지 돌아보고요. 상대가 어떤 생각을 가지고 있는지도 찬찬히 알아 가야 될 것 같습니다.

결론적으로 보면 그녀가 지금 만나는 남자가 결혼 상대는 아닐 것으로 보였다. 그리고 그녀의 조급한 마음 때문에 결혼은 더 어려워지는 것 같았다.

"전체적으로 정리를 해 드리자면 나만 결혼하고 싶은 것이지, 상대는 생각이 없어서 지금 상대하고의 결혼은 힘들 것 같다고 나왔어요. 나이가 찼으니까 결혼해야지 하는 생각은 억지라고 봐요. 주변에서 보는 시선이 따갑고 부모님이 걱정하신다고 해도 본인이 좋은 사람을 만나야죠. 운이 따라 줘서 좋은 분하고 진행되면 좋겠지만, 계속 어긋나고 이상하게 틀어지고 그런다면 과연 결혼을 한 후에 행복할까요? 전반적으로 카드를 봤을 때 G님께서는 결혼 자체가 늦어지시는 것 같으니까, 이번 기회에 재정비하시고 계획을 다시 세우셨으면 좋겠네요. 힘내시고 긍정적으로 정리해 보세요.

이렇게 상담을 끝맺자마자 그녀는 꾹 참았던 말을 터뜨리고 말았다.
"저 그럼 결혼 못 하나요?"
나는 그녀를 진정시키느라 진땀을 빼야 했다.

" 아니에요. G님은 멋진 분이지만, 결혼을 너무 조급하게 생각하시니까 그게 집착이 돼서 들어오려던 복이 달아날까 봐서 그래요. 어떤 상대라도 마찬가지예요. 좀 더 부드럽게 천천히 애정을 만들어 가셨으면 좋겠습니다.

그녀는 나에게 하소연을 하기 시작했다.
"저는 선도 많이 보고 지금도 계속 소개를 받고 있는데 안되니까 이제 아예 포기하고 싶은 심정이 들어요. 정말 포기하기 전에 빨리 짝을 만나서 결혼하고 싶은데, 진짜 맘대로 안되네요. 정말 울화통이 터져서 미치겠어요. 다른 사회적인 일이나 대인 관계는 잘 풀리고 마음먹은 대로 되는데 왜 결혼은 마음대로 안되는지 정말 모르겠어요."
그녀는 풀지 못하는 것 중에 하나가 결혼 같다고 말하며, 질문의 남자에 대해서도 언급했다.
"그 사람은 친구한테 소개를 받고 몇 개월 동안 데이트를 했어요. 그런데 데이트할 때는 좋았는데 결혼에 관해서는 전혀 진도가 나가지 않는 거예요. 시간이 지날수록 너무 답답해서 점점 티격태격하게 되더라고요. 둘 다 지고는 못 사는 성격이라서요. 저는 남자가 능력이 없어도 받아 줄 수 있는데 왜 상대는 허락이 안되는 거냐고요!"

그녀는 이렇게 하소연하며 짜증까지 내는 것이었다. 그녀의 목소리는 점점 높아졌다.

"저는 무슨 일이든 질질 끄는 건 못 봐요. 이번 결혼 문제도 빨리빨리 진행하고 싶은데 뜻대로 안 돼서 머리가 아프다 못해 멍해진다니까요."

그녀의 하소연은 끝도 없이 이어졌다.

'그래, 이렇게 이분의 말을 듣기 위해 내가 앉아 있는 것이지.'

순간 최고의 처방전은 그녀의 말을 들어 주는 거라고 생각되어 나는 더 경청해 주고 호응해 주었다. 우리는 주객이 전도되어 그녀가 말하고 나는 들으며 시간 가는 줄 모르고 대화를 이어 갔다. 그리고 개인적인 연애와 결혼 시기도 다시 카드를 열어서 상담을 했다. 그렇게 두어 시간 정도 친구가 되어 이야기를 나누다 보니 그녀도 마음이 정리되는 듯했다.

허기를 많이 느껴진 하루였지만, 그녀가 충분히 마음을 정돈하고 가서 그걸로 만족스러웠다. 상담은 일방적으로 하는 것이 아니고 들어 주는 것이라는 생각을 다시 한 번 하면서 흩어져 있는 카드들을 정리했다.

Part two

일

Work

Episode 11

/

제 2의 박지성을 꿈꾸며

10

10

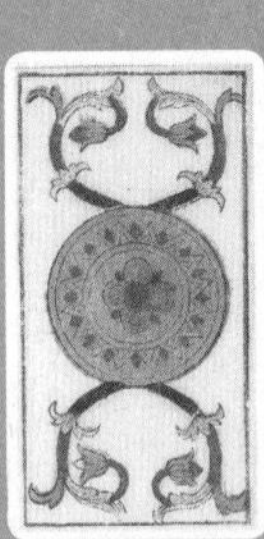

팬타클

컵

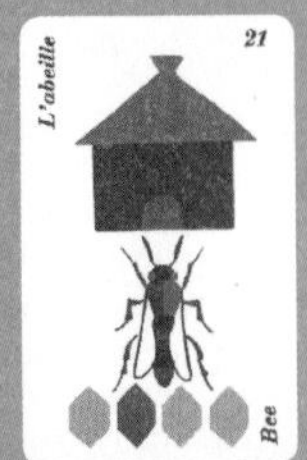

벌

월계관

프랑스 장닭

'꿈'처럼 우리의 가슴을 뛰게 하는 단어가 또 있을까? 간혹 거리를 걷다가 교복을 입고 뛰어다니는 학생들을 볼 때면 그 활기가 전해져 기분이 좋아진다. 나에게도 순수한 꿈을 꾸던 어린 시절이 있었다. 먼 미래에 대한 막연한 꿈과 동경으로 가슴이 벅차오르던 시절이었다.

점심시간 즈음, 남학생 셋이 왁자지껄하게 들어왔다. 까무잡잡한 피부에 성인만한 큰 키의 소년들이 셋이나 들어오니 작은 공간이 꽉 찼다.

그중에서 똘똘하게 생긴 한 학생이 내 앞에 앉아 똑 부러지게 질문을 했다.

" 저, 궁금한 것이 있어서 왔는데요, 제가 축구를 하고 있는데 성공할 수 있을까요?

첫 장 마르세유 카드부터 깊은 인연을 암시하는 10번 카드가 나왔다.

청소년을 상대로 한 상담이 기분 좋게 진행되면 마음이 뿌듯하다. 어린 학생의 꿈을 꺾어 버리는 이야기는 정말 하고 싶지 않아서, 카드를 볼 때 더 긴장하게 된다. 그렇지만 보통 아이들은 무한한 가능성이 있어서 그런지 아주 나쁜 흐름은 잘 나오지 않는다. 이 학생의 경우는 다른 때보다 더 긍정적인 기운이 넘쳐흘렀다.

> 축구라는 운동은 학생하고 인연이 아주 깊은 것 같고, 평생 할 수 있는 직업처럼 보이네. 첫 장만 보고 깊게 설명하는 것은 오버일 수도 있겠지만, 오래오래 할 수 있을 것 같아.

좋은 흐름을 느끼며 본 두 번째 카드는 팬타클 카드가 나왔다. 학생의 다부진 꿈과 야망이 엿보였다. 흐지부지 시간을 보내는 느낌이 아니라 정말 패기 있게 열심히 뛰고 있는 것이 보였다.

> 학생은 꿈도 야망도 높아 보이고, 축구에 대한 욕심도 많을 것 같고, 또 의욕도 강하게 느껴져. 그리고 축구를 그저 놀이라고 생각하지 않고 미래를 위해 준비를 하는 것으로 보이고, 한마디로 긍정적인 욕심이 많아 보인다는 뜻이야.

다음으로는 컵 카드가 선택되었는데, 당연한 것으로 느껴졌다. 아직 10대이기 때문에 감정의 변화가 많을 시기다.

> 건강 챙기고 내 몸을 소중히 생각하고, 특히 감정 조절을 잘하라고 나오네. 아직 어려서 건강에 부주의하고 감정에 따라 휘둘릴 수도 있는데, 그냥 내 맘대로 하게 되면 중간에 공백이 생길 수도 있으니까 이 점을 늘 생각하고 계획성 있게 움직이도록 노력해 봐. 그럼 학생이 원하는 대로 오랫동안 축구를 할 수 있을 거야.

"저는 감정이 너무 오르락내리락해서 평소에 꿈도 많이 꿔요."

대뜸 이렇게 말하는 표정이 너무나 순수해 보였다.

> 그럼 이제 미래가 어떻게 변화되는지 답 카드를 찾아보자. 지금까지 나온 카드들을 다 더해서 수비학적으로 풀어 답을 연결해 보는 거야.

암장 카드는 한 장만 뽑혔다. 10번 암장을 보자마자 '정말로 이 친구는 축구하고 인연이 깊구나'하는 생각이 들었다. 10번 카드가 복수로 나왔다는 것은 상황이나 운의 흐름이 급박하게 변화가 된다는 뜻이기도 한데, 학생의 기운을 봐서는 좋은 쪽으로 기운이 흘러갈 것으로 보였다. 예를 들어 가까운 시기에 경기를 한다면 그 경기를 이길 수 있고, 조만간 스카우트 제안도 받을 수 있는 운인 것이다.

> 와, 축구가 있기에 학생이 있는 것 같네. 같은 카드가 두 개 이상 나오면 그 의미가 두 배가 되는 건데, 이 카드는 인연법이 아주 깊다는 뜻이 있어. 축구를 하기 위해 태어난 사람 같고, 그만큼 인연이 깊다는 뜻이야. 강제로 떼어내도 자석처럼 다시 붙어서 떨어지지 않을 것 같네. 인연이 깊고, 운도 좋다면 성공 확률이 높다고 봐야 되는데, 학생은 이런 복들을 다 가지고 태어난 것 같아서 나도 기분이 좋아지네. 그리고 최근에 경기를 했거나 앞으로 예정이 있다면 학생한테 좋은 결과도 있을 것 같아.

떨리는 표정으로 듣던 소년의 얼굴은 점점 밝아졌다.
호로스코프 벨린을 본 첫 느낌은, 이 학생은 축구를 선택하지 않았더라도 뭐든 열심히 했을 것 같다는 것이었다. 왜냐하면 그림에 벌처럼 살아가는 모습이 그려졌기 때문이다.

“ 원래 학생은 기본적으로 근면하고 성실이 몸에 배여 있네. 어딜 가든 인정받는 사람이고. 단지 너무 급하게 하려고 하지 말고 천천히 간다고 생각해 봐. 어차피 흐름이 좋으니까 서두르지 않아도 좋은 일들이 생길 거야.

다음을 열어 보니 월계관 카드, 즉 '축구가 소년에게 명예를 안겨 줄 거다'라는 의미였다. 이 카드는 큰 국제대회에서 좋은 성과를 얻어 감투를 쓰는 모습이다. 큰 국제대회를 나가려면 일단 국가 대표가 돼야 할 텐데 그런 결과가 보이고 있었다. 이 학생은 정말 축구를 선택하길 잘한 것 같았다.

“ 이런 모습으로 열심히 하다 보면 국제 무대에서 뛸 수 있는 기회가 분명히 올 수 있을 거야. 즉 국가 대표가 돼서 메달도 딸 수 있겠지. 이렇게 월계관을 쓰고 있잖아.

다음 카드로 프랑스 장닭 카드가 나왔다.

“ 좋은 카드가 계속 나와서 좋은 얘기만 자꾸 하게 되네. 와, 외국에 나갈 수 있다고 나오네. 이 프랑스 장닭 카드는 외국하고 연관이 돼서 그 일을 진행한다는 뜻이거든. 학생한테는 국가 대표하고 외국으로 가는 운이 많이 있기 때문에 정말로 죽기 살기로 해서 뜻을 이뤄야 되겠다.

정말 이 소년이 해외에 나가 축구를 하게 된다면 대단한 사람을 앞에 두고 상담하고 있는 것이 아닌가. 나도 덩달아 흥분이 됐다. 아직 고등학생이라 조언을 듣고 단점을 보완할 시간이 많이 남아 있기 때문에 더욱 다행스럽게 느껴졌다. 이런 기회가 학생에게도 행운인 것 같았다.

“ 안정적으로 좋은 기운이 흐르고 있으니까 이 느낌을 계속 가지고 열심히 운동해 봐. 조심해야 되는 것은 조금 전에 말했던 것처럼 감정 조절과 건강 체크야. 그것이 안되면 1년 걸리는 것이 2년 걸릴 수 있으니깐 명심하고. 음, 내가 살짝 과장을 하면, 학생은 제2의 박지성이 될 수도 있을 것 같아. 그 정도로 운도 실력도 좋다는 것을 느꼈거든. 축구를 끝까지 확실하게 했으면 좋겠다.

남들보다 더 감각적인 끼가 느껴지는 이 학생, 아마 축구도 감각적으로 할 것이다. 왜냐하면 10번 카드 두 장과 컵 카드를 다시 보면 센스 있고 감각이 살아 있다는 뜻도 있기 때문에, 분명 이 학생은 다른 아이들에 비해 센스 있는 축구를 할 거라 생각되었다.
선택된 카드를 설명하며 언급해야 했지만 리듬을 깨고 싶지 않아 그냥 넘어간 부분이 있다. 선택된 마르세유 카드에서 숫자가 없는 0번 카드가 두 장 이상 나오면 어떤 질문에서도 '비현실'이라는 뜻을 적용시킨다. 그런데 이번 상담에서는 아직 10대이고 커 가는 상황이기 때문에 호로스코프 벨린 카드까지 보고 마무리를 지으려 했다. 그런데 소년의 꿈이 점점 이루어지는 쪽으로 흘러가고 미래가 탄탄해 보여서 모든 상황이 비현실적으로 보이진 않았다. 중요한 건 이 질문이 10대의 꿈이기 때문에, 차근차근 이루어 갈 수 있다는 뜻으로 해석이 되었다. 이 학생은 정말 이름 세 글자를 알릴 수 있는 축구 선수가 될 수 있을 것 같았다.
상담 후 떠나는 학생에게 성공하면 다시 찾아오라고 인사하며 손을 흔들어줬다. 과연 나를 기억할 수 있을까? 괜히 피식 웃음이 나온다.

Episode 12

/

아들한테 그만 희생하세요

12 4

8

10

2

3

13

17

18

S라인

군악대

돛단배

백화점 오픈 행사가 잡혀 있어 이른 시간부터 바쁘게 준비했다. 요즘 이런 행사가 부쩍 늘었다. 기업이나 대형 유통 업체에서 기념행사로, 직원이나 고객들을 상대로 타로 상담을 진행하는 것이다. 행사에 초대되어 가보면 타로에 대한 대중들의 관심이 높아졌다는 것을 새삼 느낀다.

이런 행사에서는 상담하는 사람들의 수가 워낙 많다 보니 아침부터 마음이 바빠진다. 짧은 시간에 사람들의 다양한 고민들을 듣기 때문에 정신무장도 철저히 해 놓아야 한다.

상담실로 일부러 시간 내어 찾아오는 사람보다 이런 행사에서는 연령대가 조금 높은 사람들을 만나게 된다. 그러다 보니 아무래도 건강이나 일에 관한 상담이 많은 편이다.

백화점 안은 그야말로 인산인해를 이루고 있었다. 상담을 진행할 장소에는 이미 테이블과 의자가 준비되어 있었다. 친절한 직원들의 도움을 받아 타로 카드와 몇 가지 소품들을 테이블 위에 가지런히 올려놓으며 상담을 준비했다.

많은 사람들에게 둘러싸여 있어서 그런지, 이런 자리에서 사람들은 조금 소극적인 모습을 보인다. 나이가 지긋한 사람들은 처음에 잘 나서지 못하고, 대개 젊은 여자들이나 아기 엄마로 보이는 사람들이 용기 내어 앞으로 나서곤 한다.

그렇게 한참 상담을 진행하다 보니 어느새 두어 시간이 훌쩍 지나갔다. 호기심을 갖고 다가온 사람들이 주위를 겹겹이 둘러쌌다. 시간이 지나자 산만했던 백화점의 웅성거림이 잦아들면서 마치 내 상담실에 앉아 있는 듯 편안한 기분이 들었다.

다음 차례를 기다리던 50대 후반쯤 된 부인이 테이블 앞에 앉았다. 세련된 외모의 점잖아 보였다. 인사를 나누고 상담할 내용이 무엇인지 물었다.

“우리 아들이 사업을 하는데, 계속해도 좋을까요?

제 3자를 대신 상담하는 것은 확률이 떨어지기 때문에 보통 상담하지 않지만, 가족이나 직계로 본인과 밀접한 관계로 엮여 있는 문제라면 상담이 가능하다. 그녀는 타로는 처음이라며 조금 긴장한 표정으로 수줍게 웃었다.

편하게 다가가기 위해 호칭을 ‘어머니’라고 하며 상담을 시작했다. 나의 지시에 따라 천천히 마르세유 카드 세 장과 호로스코프 벨린 카드 세 장을 선택했다. 나는 여섯 장의 카드를 테이블 위에 펼쳐놓고 하나씩 설명을 시작했다.

카드의 첫 느낌은 그다지 좋지 않았다. 전체적으로 새어 나가는 느낌이었는데, 첫 장의 13번 카드는 고된 상황을 말해 주고 있었다. 아들의 사업을 농사에 비유한다면, 지금 수확 시기는 아니고 비바람을 맞고 나서 힘든 과정을 겪고 있는 상태인 것 같았다.

“어머니, 이 세 장의 카드는 현재 상황이 어떻게 진행되고 있는지 볼 수 있는 카드입니다. 우선 이 첫 번째 그림은 아드님 사업이 지금 좀 힘들게 개척을 해야 되는 상황인 것으로 나왔습니다.

나는 되도록 편하게 들을 수 있게 노력했다. 많은 사람들이 보고 있는 가운데 깊게 들어가는 건 그녀에게도 부담이 될 것 같아 요점만 이해하기 쉽게 천천히 설명하려고 했다.
다음 카드에서도 힘든 상황이 계속되고 있었다. 17번 카드는 무언가 계속 새고 있어서 지쳐 보이는 느낌이었고, 다음 18번 카드를 보니 뜻대로 안 되어 생각이 많아진 듯 보였다. 이런 전반적인 상황을 간략하게 이야기하고 나니 담담한 표정으로 듣고 있었다.

“본인 생각만큼 진행이 안 돼서 몸도, 정신적으로도, 금전적으로도 지쳐 있는 느낌이 드네요. 지금 아드님께서 고민이 많겠어요. 무언가 계속 새어 나가는 느낌이 카드에서 나오고 있거든요.

이런 상황들이 계속 반복된다면 당연히 집에서도 걱정을 하게 되고 집안 문제로 번질 수도 있을 것이다. 이 시점에서 그대로 방치해 두는 것보다는 누군가 조언해 주고 컨트롤을 해 주는 것이 필요할 듯했다.

“일단 지금까지 카드는 이렇게 나오고 있어서 어머니께서 걱정하실 만한 것 같아요. 아드님이 생각을 좀 다시 해 봐야 할 것도 같은데요, 그 답은 이 암장 카드를 열어 보고 나서 다시 말씀드리도록 할게요. 잠시만 기다려 주세요.

부드럽게 상황을 정리해 주며 암장 카드를 열어 보니, 카드가 여섯 장이나 나오는 것이었다. 답을 암시해 주는 카드가 많이 나왔다는 것은 현재 사업이 복잡하고 정신없다는 것이다.
원래 3번과 4번 카드가 함께 나오면 좋은 상황이 되는 것인데, 중요한 것은 방향성이다. 여기서는 3번과 4번이 반대를 쳐다보고 있어서 사업을 하면서 인간 관계와 금전적인 갈등이 생기고 전반적으로 안 좋게 흘러간다는 뜻으로 볼 수 있었다.
12번 카드는 거꾸로 매달려 있는 그림이다. 사업이 앞으로도 많이 힘들어진다는 뜻이다. 바지에 동전을 넣고 물구나무서기를 하면 그 동전이 다 빠져나가듯 그의 사업도 그렇게 될 수 있다는 것이다.
그러나 그는 4번 카드에서 말해 주듯 리더십과 책임감이 있고, 묵직하게 도전하는 남자다운 성격을 갖고 있는 듯했다. 아마 집에서는 듬직한 아들일 것이다. 그렇지만 이런 성격은 반대로 자기 고집이 세고 남의 말을 잘 듣지 않는다는 단점이 있다. 자기 생각대로 모든 일을 밀어붙인다는 것이다.
다음의 8번과 10번은 묶어서 같이 읽어 주면 좋다. 이렇게 안 좋은 상황이 계속되다 보니 예민해지고, 그런 상태가 자꾸 반복이 된다는 의미다.
2번 카드는 여러 가지 뜻을 암시해 주고 있다. 이 카드는 금전으로 봐서는 별 볼 일 없다는 것이다. 그리고 어머니가 카드를 뽑은 것이기 때문에, 그 영향으로 인해 어머니가 아들을 위해 기도하는 모습으로 해석되기도 한다.

“ 어머니, 이 그림과 이 그림이 서로 등을 지고 있기 때문에 아드님은 동료나 주변 사람들하고 부딪치는 모습도 그려지고 있네요. 그러나 아드님의 장점은 분명히 보이고 있어요. 사업가로서 재능이 있고 그런 일이 본인의 성격에도 잘 맞는다는 거예요. 책임감이 많고 사람들을 이끄는 리더십도 있는 것으로 보이거든요.

그런데 지금 하고 있는 사업에서는 운이 따르지 않는 듯하네요. 어머니, 이 카드는 사람이 거꾸로 매달려 있는 것입니다. 사람은 거꾸로 매달려서는 살지 못해요. 이 모습이 아드님 사업의 미래를 암시해 주는 대표적인 이미지입니다. 미래가 이렇게 힘들게 된다는 것이겠죠. 칼날처럼 예민한 상황들이 돌고 돌며 어머니는 어머니대로 기도하면서 노심초사 애태우고 계시는 모습이에요. 정리해 드리자면, 아드님의 사업은 지금 어려운 상태로 상황이 더 안 좋아지기 전에 정리하는 쪽으로 아드님을 설득하시는 것이 좋겠습니다.

그녀도 아들의 사업에 대해 짐작 가는 것이 있었는지 아니면 이미 사업 문제로 아들과 갈등이 깊었던 것인지 말이 끝나자마자 울분을 토했다.

“어머니, 아직 세 장의 카드가 남아 있는데요, 보충적으로 어떤 조언이 나오는지 한번 열어 보겠습니다.

조금 진정시킨 다음 보조 카드로 넘어갔다. 이 카드들을 볼 때 주의 사항은 단독으로 해석해서는 안된다는 것이다. 마르세유하고 어떻게 연관되는지를 눈여겨보며 연결성을 갖고 설명해야 한다. 보조 카드라고 해서 단순하게 가볍고 쉽게 생각하면 깊은 답을 찾지 못하게 된다.
첫 번째 S라인 카드를 열어 보고 아들의 사업이 미를 강조하는 사업이 아닐까 짐작했다. S라인 카드의 매뉴얼이 ‘예쁘고 아름답다’는 뜻이 있기도 하고, 위의 마르세유 카드에 ‘예쁨’과 ‘여자’를 의미하는 17번, 10번, 2번, 3번 카드가 이미 있었기 때문이다. 8번 카드도 ‘예술성’이라는 매뉴얼이 있다.
다음 군악대 합 카드를 보니, 그래도 사업은 아들하고 잘 맞는 것 같았다. 아들이 지금 힘든 상황이긴 해도 자기에게 맞는 일을 잘 선택한 모양이었다.

“어머니, 아드님 사업이 정확하게 어떤 사업인 줄은 모르겠지만 여자들이 좋아하는 것이나 예술성을 강조하는 사업이라고 보이네요. 그리고 이 카드에서 보이듯이 그 사업은 아드님하고 궁합이 잘 맞는 일인 것으로 나왔습니다. 아드님께서 직업은 잘 선택하신 것 같아요. 아드님이 자기 자신이 이 일에 잘 맞는다는 것을 알고 자신감을 갖고 시작한 것 같은데요, 운이라는 것이 좋게 다가와서 당장 발휘되지는 못하고 있는 상황이라고 말해 주고 있습니다. 만약에 이 사업을 계속한다면 업계에서 나를 찾아 주는 사람이 없어 외롭고 고립된다는 결과인 것 같습니다. 본인이 잘할 수 있다고 생각하는 일이라도 이렇게 힘들게 가는 것이 장기적으로 보면 본인에게 손해가 될 거예요. 냉정하게 판단하고 말씀드리자면 절대 반대고, 빨리 접어야 될 것 같습니다. 그러니 이제 어머니께서도 잘되겠지 낙관하지 마시고, 빨리 접고 새로 시작할 수 있도록 격려해 주시는 게 더 좋은 방법일 것 같습니다.

“다 맞는 말이에요! 그런데 이놈이 고집이 세서 내 말은 아예 안 들어먹고요, 그렇게 말리고 있는데도 들은 척도 안 해요. 처음부터 내가 돈을 대 주었는데 이제 저도 한계에 왔어요. 돈이 계속 나가니까 집안도 어수선해지고 가족 간에 갈등도 점점 심해지고 있어요.”

아들은 현재 여자친구와 함께 여성 의류 쇼핑몰을 운영하고 있다. 전에도 그 사업을 하다 흐지부지 접은 일이 있었는데, 이번에는 정말 자신 있다고 부모님께 사업 자금을 부탁한 모양이다. 다시 한 번 아들을 믿고 당신께서 사업 자금을 주고 있는데, 갈수록 매출이 떨어져 다시 또 어딘가 손을 벌려야 하는 상황이라 했다. 사업이 잘 안 되니 여자친구와도 갈등이 심해진 것 같다. 정말 이 상황을 어떻게 해야 되냐며 목소리를 높이는데 안타까운 생각이 들었다.

나이를 먹고도 부모에게서 독립하지 못하고 손을 벌리는 자식 때문에 고통스러워하는 사람들이 의외로 많다. 어르신들의 고민 상담 중에서도 많은 비중을 차지한다.
그녀에게 이제 자식을 위해 그만 희생하고 인생을 즐기라고 말할 수 밖에 없었다. 이렇게 밑 빠진 독에 물 붓기가 계속된다면 아들을 위해서도 또 자신의 노후를 위해서도 결코 좋기 때문이다.
상담을 하다 보면 모든 사람들의 운을 바꾸어 주고 싶다는 생각이 태산 같지만, 그건 현실적으로 말도 안되기에 안타까울 뿐이다. 그럴 때면 길잡이로서 카운슬러로서 좀 더 충실하자고 다짐한다.

Episode 13

/

낙하산은 눈치 보여

4

1

5

15

17

9

팡파르

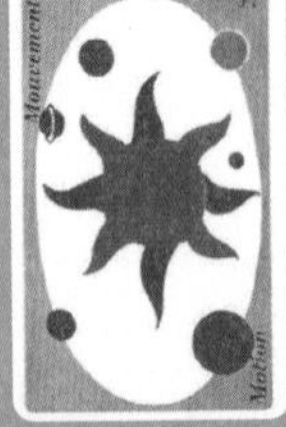

우주

용

햇살이 따사로운 오후, 도시적인 스타일의 깔끔한 인상을 가진 남자가 상담실로 들어왔다. 그는 자리에 앉아 자연스럽게 질문을 시작했다.

> 누나가 가게를 하고 있는데요, 그 가게에 들어가 일을 배우다가 나중에 기회가 되면 같이 하자는 제안을 받았습니다. 조금 고민하다가 간다고는 했는데, 과연 내가 거기 가서 잘할 수 있을지, 또 어떤 것을 조심해야 되는지 조언을 듣고 가고 싶어서 이렇게 찾아왔습니다.

구체적인 질문을 주면 상담해 주는 입장에서는 한결 편하게 진행된다. 복합적인 질문보다는 한 주제에 집중하다보니 카드도 더 명확하게 나올 수 있다.

선택된 마르세유 카드를 하나씩 열어 보니, 그의 성향은 15번 카드처럼 센스 있고, 머리 회전도 좋고, 사람 상대를 아주 잘하는 사람 같았다.

> 먼저, H님께서는 사람 상대를 능수능란하게 잘할 수 있는 능력이 있는 것 같아요. 어떤 상황에서든 아이디어도 좋아 보이고, 어떤 일이든 금방 습득할 수 있는 재능도 있어 보이면서 응용력도 좋아 보이네요. 그전에는 어떤 일을 하셨는지 모르겠지만, 사무직이나 연구직은 왠지 안 어울려 보이고 서비스직에 잘 맞을 것 같습니다.

어떤 질문이든 상대하고 궁합을 상담할 때 선택된 세 장의 카드에서는 상대가 꼭 나와야 한다. 여기서 선택된 상대는 17번 카드다. 그렇다고 상대 자리가 꼭 정해져 있는 것은 아니다. 그것은 분위기와 상황을 보면서 각자 느껴야 한다. 타로 카드라는 게 한 가지 답이 정해진 것이 아니기에 공부도 많이 해야 되고, 많은 사람들을 상담해주며 내공을 쌓아야 한다.
17번 카드에서 느낀 것은 그 가게가 많이 힘들고 매출도 높지 않을 것 같다는 것이었다. 사장도 정신적으로도 힘들고 체력이 많이 소진된 상태일 듯했다.

> 누님이 힘든 것인지 가게가 침체기인지 모르겠지만 전체적으로 많이 힘들어 보입니다. 장사가 잘되려면 누님부터 힘이 있고 에너지가 넘쳐야 되는데 지금 누님의 기운이 약해 보여서 매상에도 지장이 생길 것 같네요. 누님한테 건강 좀 챙기면서 일하시라고 전해 주세요.

그리고 9번 카드는 장사가 잘 안된다는 뜻도 되지만, 밤이라는 시간대로 보이기도 했다. 선택된 세 장 카드에서 모두 불이 보이고 밤이라는 공통점이 암시되고 있었다.

" 현재 H님께서 누님 가게에 들어가 일을 하게 된다면, 당연한 것이지만 처음에는 힘에 겹고 지칠 것 같아요. 지금 선택된 카드가 전반적으로 밤을 상징하는 모습들이 나왔기 때문에, 밤늦게까지 일을 해서 스트레스와 체력적인 문제도 있을 것 같으니까 대비하시고 시작하면 좋을 것 같습니다.

여기까지는 아직 질문에 대한 답은 나오지 않고 있었으나, 이미 전반적으로 그에게 쉬운 길이 기다리고 있다는 느낌은 아니었다. 이렇게 정리하고 그가 궁금했던 것에 대한 답을 열어 보기로 했다.

암장 카드를 풀어 보자 물과 기름 같은 느낌이 확 느껴졌다. 암장 카드인 4번, 1번, 5번 카드는 전부 남자 인물 카드라서 공통점은 남자인데, 이 카드들의 단점은 개성이 강한 인물 카드기 때문에 서로 융합이 잘 안된다.

여기서 그는 1번 카드로 해석해야 한다. 1번 카드는 '시작'이고 '어린아이'라는 의미가 있기에 지금 새로운 시작을 준비하고 있는 그를 1번으로 보는 것이 자연스럽다. 그리고 1번보다 성숙한 4번과 5번 카드가 양옆에 자리잡고 있는 것으로 보아 가게 직원들이 그를 '어린애처럼 생각한다'든지 '무시할 수 있다'는 뜻으로 해석되었다.

첫 번째 세로줄을 보면, 4번 카드와 밑에 15번 카드에서 높은 사람과고 부딪침, 즉 싸움이 일어날 수 있다는 것이 강하게 느껴졌다. 4번은 '황제'고, 15번은 '악마'와 '싸움'이라는 매뉴얼이 있기 때문이다. 아마 순탄하게 가족적인 분위기로 일을 하게 되지는 않을 것이다. 사장하고 부딪치는 것이 아니고 가게 직원들하고 신경전이 일어날 것 같았다. 카드에서 보이는 사장의 성격은 독하지 않아서 그들을 컨트롤하기에는 기운이 약할 것으로 보였다. 그리고 그도 15번이나 1번처럼 성격이 있기 때문에 여기서 계속 일을 하려면 직원들하고의 화합이 중요할 듯했다.

“H님, 암장 카드에서는 서서히 질문의 답을 정리해 드려야 되는데요. 일단 전체적으로 정리하자면 서로 화합하는 것이 느껴지지는 않네요. 사람들하고 섞이지 못하고 그들은 그들끼리 나는 나, 혼자라는 느낌이 많이 듭니다. H님 성격으로 봐서는 잘 섞일 수 있을 텐데 이상하게도 각자 일하는 분위기네요. 4번 암장 카드처럼 가게 직원들이 H님을 같은 직원이라고 인정하고 싶지 않을 수도 있어요. 그 직원 중에서도 가장 높은 분이 H님을 경계할 수도 있고요. 그 직원도 카리스마가 있는데 H님도 한 성격 하실 것 같네요. 중요한 것은 조율과 뭉치는 일입니다. 텃세를 부리는 그들에게 내가 얼마나 여우처럼 맞춰줄 수 있느냐가 큰 숙제인 것 같습니다. 제가 봤을 때 H님께서는 사람 상대를 잘하시는 분인데 결론적으로 이곳에서는 직원들하고의 관계에 문제가 생길 것 같습니다. H님은 똑 부러지는 성격과 재주가 있기 때문에 일하시는 모습을 보고 그들이 싫어할 수도 있으니까 맞춰 가는 방법을 찾아야 될 것 같아요.

그는 고개를 끄덕이며 내 말을 진지하게 들어 주었다.
“네, 저도 그건 감안하고 있긴 한데요. 역시 문제가 생길까요?”

“그렇죠. 사장님 동생이라 더 경계할 수도 있을 겁니다. ‘낙하산’이라고 생각하기 때문에 굴러온 돌이 박힌 돌을 뺀다고 생각할 거예요. 게다가 H님이 일을 대충대충하는 성격이 아니어서요. H님이 중간에서 유하게 해야 해요. 여기까지의 결론은 즐겁고 가족적인 분위기는 안 될 것 같다는 느낌이 많이 듭니다. 좀 더 자세한 건 보조 카드를 보고 마무리 해드리겠습니다.

호로스코프 벨린 카드를 열어 보았다. 팡파르 카드를 보는 순간 그가 열심히 뛰어다니는 모습이 그려졌다. 가게에 오는 손님들을 맞이하며 친절하게 안내하는 모습이 상상되었는데, 어떻게 보면 혼자 손님들을 상대하느라 진땀을 빼는 모습이었다.

> 어쨌든 H님께서는 일을 열심히 하실 것 같네요. 가게에 오는 손님들하고 열심히 소통하고 움직이면서 일하는 모습이 그려지고 있습니다. 나만 혼자 바쁜 것인지는 모르겠지만 아무튼 정신없이 일하는 모습입니다.

그렇게 일을 많이 하는데 직원들하고는 섞이지 못해서 조금씩 틀어지는 카드가 이어서 나왔다. 우주 카드는 '마음이 조금씩 흔들리고 중간에서 많이 힘들어 한다'로 해석되었다.
그 위의 마르세유 17번 카드는 앞에서 사장의 상태와 가게 매상으로 풀이되었다. 그런데 우주 카드 위에 놓인 17번은 그가 시간이 갈수록 마음이 흔들리고 지쳐 간다는 것을 보여 주는 의미로 해석되었다.

> 아무리 누님 가게이고 열심히 한다고 하더라도 직원들하고 화합이 안되면 힘들어지는 것은 나 자신이기 때문에 마음이 점점 뜰 수도 있을 것입니다. 가면 갈수록 지쳐서 마음이 흔들린다는 것이 계속 느껴집니다.

이런 일들이 반복된다면 마르세유 9번 카드처럼 육체적으로 힘들 뿐만 아니라 용 카드처럼 불을 위아래로 뿜어낼 것 같았다. 불을 위아래로 뿜어낸다는 것은 스트레스를 받다 보니 소화가 안 되어 위아래로 가스가 나온다는 뜻으로 이해하면 된다.

> 이렇게 상황이 흘러가다 보니 의욕도 떨어져서 몸도 많이 힘들어질 것 같습니다.

나중에는 음식을 먹어도 스트레스 때문에 소화가 안 돼 고생할 수도 있겠네요. 몸은 몸대로 고되고, 정신은 정신대로 원활히 흘러가는 모습이 아닌 것 같아요. 나만 열심히 한다고 해서 흘러가는 가게가 아니기 때문에 화합과 가족적인 분위기가 필요한데, 직원들하고 따로 생활하고 일하는 모습이 계속 안 맞는다는 느낌이네요. 힘들고 버티기 어렵다는 생각이 들면 눈치 보지 마시고 과감하게 그만두셔도 좋을 것 같습니다.

그는 걱정스러운 얼굴로 입을 뗐다.

"어쩌죠. 누나가 많이 힘들어하면서 저에게 부탁을 했는데……. 누나 건강도 많이 안 좋아졌고 지쳐 있어요. 지금 누나가 하는 가게가 24시간 중국집이거든요. 중심지에 있는 가게라 밤까지 손님이 많아요. 그런데 몇 년 동안 밤을 새워 일을 하다 보니 이제 너무 힘든 것 같아요. 제가 마침 휴직 상태라 다른 사람에게 맡기기는 불안하다고 저에게 도와달라고 했어요. 저는 원래 서비스직에 오랫동안 있었기 때문에 괜찮을 것 같았죠."

" 누님께서 지금 일하는 것이 벅차고 체력도 떨어져서 동생에게 의지하고 싶으셨나 본데요, 그래도 미안하게 생각하지 마시고 정말 힘들다면 과감하게 정리하시는 게 좋지 않을까요? 이렇게 능력 있고 서비스 정신이 좋으신 분이 여기서 눈치 보면서 일한다는 건 사회적으로도 바람직하지 않다고 생각합니다.

"직원들이 좀 거칠다는 것은 감안하고 일을 시작하려고 했어요. 해 봐야 알겠지만 각오는 하고 있었습니다."

그는 그래도 일을 시작해 보고 싶은 마음을 내비쳤다.

> "그래요. 부딪쳐 봐야겠죠. 일하시다가 힘들고 지치면 언제든지 다시 오셔서 상담 받아도 됩니다. 백 퍼센트 답은 아니라도 길잡이를 해 드릴 수 있으니까요. 한 번 시작한 일이니 최선을 다해 보세요. 응원하겠습니다.

그는 다시 한 번 상담한 것을 인지하고 열심히 해 보겠다고 하며 돌아갔다.
4개월이 흐른 어느 날, 그가 미소를 지으며 상담실로 들어왔다. 환한 그의 표정을 보며 열심히 일하고 큰 문제는 없나 보다 생각하고 반갑게 인사를 건넸다. 그는 계속된 주방장의 텃세와 직원들의 편가르기에 지쳐서 그만 두고 나왔다고 했다. 가게 매상도 계속 떨어져서 가게도 내놨다고 한다.
순간적으로 나는 '어떻게 반응해야 되지?'하고 잠시 망설였다. 하지만 긍정의 힘! 나름대로 격려를 했다.
카드가 예견했다고 해도 사람의 의지와 노력으로 결과는 바뀔 수도 있다고 생각한다. 그도 이겨내겠다는 굳은 결심에 응원을 했는데 결국 바뀌지 않았나보다. 환한 미소로 들어오는 그의 표정에서 조금의 기대를 했었는데 아니었다. 그가 힘든 일을 겪고도 미소를 머금고 온 것은 예방주사를 맞듯이 마음을 단단하게 준비해서 조금을 덜 상처 받았나보다.
조금 거친 길이 예상되어도 준비를 철저하게 한 후 지나간다면 아무것도 모르고 지날 때보다는 덜 다치는 거 같다. 좋은 이야기만을 하지 않고 준비할 기회를 주는 것이 타로의 매력이 아닐까 생각한다.

Episode 14

/

정말 나의 길일까

20

2

6

8

8

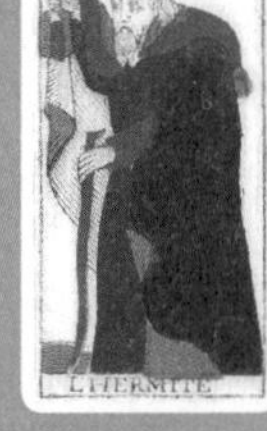

9

9

데스

메시지

큐피트

간혹 카운슬러인 나의 인생을 궁금해 하는 사람들이 있다. 자신의 인생과 고민을 오픈하는 상대가 어떤 사람인지 궁금한 것은 당연한 일일 것이다. 또 남자 카운슬러가 흔치 않다 보니 더욱 호기심을 자아내는 것 같다.

나는 오랫동안 연기자 생활을 해 왔다. 각종 이벤트 진행에 디자인 일도 겸했었다. 생각해 보면 모두 꼼꼼하고 섬세한 능력이 필요하면서도 사람들을 만나 함께 호흡하는 일이었다.

타로 카운슬러가 되는 데 그런 이력은 큰 도움이 되었다. 다른 사람의 인생에 들어가 보고 그의 감정을 함께 느껴 보는 것은 투박한 정서로는 쉽지 않은 일이다. 타인에게 공감하는 능력이 있어야 할 수 있는 일인 것이다.

많은 일들을 경험하며 지금 여기에 와 있지만, 자기 길을 찾는다는 것이 참으로 힘든 일이라는 걸 누구보다 잘 알고 있다. 평범한 직장 생활로 이어진 인생이 아니었기 때문에 나는 스스로 내 길을 찾아야만 했다. 아무리 좋아하는 일을 한다 해도 그 일을 통해 안정적인 생활을 할 수 없어 쓰러질 때도 있었다. 그래도 다시 일어나 꿈을 향해 뛰어야 했다. 꿈을 위해서는 하기 싫은 일로 돈을 벌기도 해야 하고, 그러면서 멀어지는 꿈 때문에 고민도 하게 된다.

누구보다 치열하게 그런 고민을 하며 살아 온 탓인지 이런 계통에서 진로를 고민하는 젊은 친구들을 만나면 남일 같지가 않다. 그리고 무엇보다 자신이 걷고 싶은 예술인의 길에서 스스로의 재능과 끼에 대해 회의감에 빠질 때가 가장 힘든 것 같다. 그건 누가 대신 해 줄 수 없는 오로지 자기 자신과의 외로운 싸움이다.

재즈 피아노를 공부하고 있는 20대 후반의 여자를 상담한 적이 있다. 그녀도 그런 외로운 싸움 중이었다. 나이에 비해 성숙해 보이던 그녀는 화장기 없는 무표정한 얼굴로 상담실로 들어왔다. 이 방향으로 가는 것이 본인과 맞는지, 이 분야에서 이름을 알릴 수 있는지가 궁금하다고 했다.

> 재즈 피아노를 공부하신다고 했는데, 그 공부가 앞으로 잘되고 마무리가 성공적으로 되는지를 생각하시면서 카드를 직접 섞어서 세 장을 뽑아 주세요.

그녀는 내 말대로 카드를 뽑아 얌전히 테이블 위에 올려놓았다.

첫 번째 마르세유 카드로는 8번 카드가 열렸다. 이는 '예술성'이라는 뜻도 있지만 '예민하다'는 의미로도 읽히는 카드다. 따라서 그녀가 예술적인 끼는 있지만, 한편으로는 이 일 때문에 힘들어하고 있다고 풀이할 수 있었다.

> W님께는 기본적으로 예술이라는 끼가 보입니다. 그 감각을 좀 더 끌어올릴 수 있도록 감각적인 노력을 더 하시면 좋을 것 같고요. 즐기면서 하셨으면 좋겠습니다.

당연한 것이지만 음악이나 미술 같은 예술은 기본적으로 타고난 끼와 감각이 받쳐 줘야 한다. 이 분야의 성공 여부는 타고난 감각이 얼마나 내재되어 있는지에 달려 있다. 그것을 중점적으로 두고 카드를 해석했다.
다음 9번 카드는 노인인데, 보통 이 카드가 나오면 활동적인 것보다는 앉아서 하는 일이 맞다는 뜻이다. 이 카드의 의미는 '은둔자', 즉 학술적으로 연구하고 공부하는 스타일이지 몸으로 예술성을 표현하는 쪽은 아니다. 활동적인 카드가 아니기 때문에 그녀가 지금 정체 상태에 있다고도 볼 수 있다. 예술가를 꿈꾸는 사람으로서는 그다지 긍정적인 방향은 아니었다.

" 물론 모든 공부는 힘들고 자기와의 싸움이긴 하지만, 여기 이 카드에서 보이는 느낌은 W님이 스스로 즐기지 못하고 스트레스를 받고 있다는 것입니다. 우리 W님은 흥을 갖고 하는 일보다는 좀 더 학술적인 쪽에 재능이 있어 보이기도 하는데요.

또다시 9번 카드였다. 9번 카드가 복수로 나왔다는 것은 그녀가 확실히 감각적인 것보다는 머리를 쓰는 것이 더 어울린다는 의미로 해석되었다. 이런 사람이 피아노를 치고 있다면 몸으로 느끼기보다는 머리로 해석하려 하다가 지칠 수도 있다. 열심히 연습을 하는데 즐기면서 하는 친구들보다 뒤처지고, 그러다 보면 '내가 감각이 떨어지나?'하는 회의도 들 것이다.

" 할아버지 카드가 두 개나 나온 것은 공부는 하긴 하는데 잘 안 돼서 본인한테 버겁게 간다는 것을 암시해 주고 있는 것 같습니다. 이 공부는 W님도 아시겠지만 평범한 공부가 아니고 몸으로 감각을 익히는 공부잖아요. 그래서 일부러라도 활기차게 하셔야 할 것 같고, 노인처럼 지친 느낌으로 머리로만 하신다면 갈수록 힘들어질 것입니다.

얘기를 듣던 그녀는 힘없이 대답하며 조금 우울한 표정을 지었다.

"현재 상황을 전체적으로 보니까 유쾌하게 손놀림이 되는 것이 아니고, 약간 억지로 하는 느낌도 받게 되네요. 감각은 있지만 타고난 감각보다 만들어 가는 감각이라서, 본인이 즐겁게 하기보다는 너무 힘겹게 가는 듯한 느낌이에요. 잠시만 기다려 주세요. 여기까지는 현재 상황이었고요, 답은 이 카드를 열어 보고 나서 말씀드리겠습니다.

암장에서도 역시나 활기차고 감각적으로 피아노를 치는 모습은 아니었다. 피아노는 물론 연습을 많이 해야 되겠지만, 그녀의 경우는 연습하다가 암장 8번 카드처럼 관절에 무리가 와서 나중에는 심각한 상태로 갈 것 같았다. 8번 카드가 복수로 나온 것은 아주 심각해질 수 있다는 뜻이었다. 그녀는 재즈 피아노 공부를 하고는 있지만 이 길을 확고하게 정한 것 같진 않았고, 6번 카드에 나온 것처럼 계속 갈등 중인 듯했다.
여기서 20번 카드의 의미는 억지로는 할 수 있다는 것이다. 그러나 그녀의 의지로 몸의 반응적인 감각을 얼마나 끌어올릴 수 있느냐가 큰 숙제인 것 같았다. 한 가지 다행인 것은 암장에서 그녀의 미래에 대해 다른 무언가를 제시해 주고 있다는 것이었다. 내가 카드를 보면서 느낀 바로는, 그녀는 재즈 피아노를 치는 피아니스트가 아니라 작곡가나 작사가로 변신해서 그쪽으로 준비하고 공부한다면 더 빠를 수도 있겠다는 생각이 들었다. 그녀는 몸이 아닌 글로 승부하면 더 좋다는 것이 카드에 나오고 있었기 때문이다. 재즈 피아노는 퍼스트 잡이 아닌 사이드 잡으로 생각하는 것이 어떨까.

전체적으로 8번, 9번, 2번, 6번 카드에서 공통적으로 보이는 것은 몸으로 감각적으로 표현하는 것하고는 거리가 멀다는 것이다. 그래서 음악을 하고 싶다면, 2번처럼 글이 들어가는 작곡 작사를 하는 것이 훨씬 좋다고 힌트를 준 것 같았다. 그리고 8번, 6번 카드는 그녀에게 한 가지 길이 아닌 추가적인 몇 가지 길로 승부를 보는 것이 좋은 방법임을 말해 주고 있었다. 그녀에게 희망적인 이야기를 들려주게 되어 다행이라는 생각했다.

“W님한테 재즈 피아노가 잘 맞다기보다는 본인이 맞춰 가려고 애쓰는 느낌을 많이 받게 되네요. 억지로 맞추다 보면 몸에 무리가 와서 어깨나 손목에도 문제가 생길 수 있다고 나오고 있습니다. 솔직히 타고난 끼보다 만들어 가는 끼가 더 많다고 보이거든요. 그렇다고 해서 이 길이 아니라는 것은 아닌데, 이 공부를 하시다 보면 벽에 부딪히는 날들이 계속 올 것 같아요. 이 상황에서 포기하라는 말은 절대 아니고요. 약간 진로를 변경했으면 좋겠습니다. 몸으로 하는 일보다 머리를 쓰고 글로 풀 수 있는 일이 더 잘 맞아요. 작곡이나 작사가 훨씬 재미있고 즐겁게 할 수 있는 일인 것 같아요. 피아노는 작곡을 하기 위한 수단으로 생각해서 그 수준까지만 공부하시고, 작곡, 작사를 지금부터 같이 준비한다면 본인의 미래가 더 성공적으로 될 것 같습니다. 바로 바꿀 수 없으면 서서히 준비하면서 꼭 병행을 해 보세요. 더 좋은 미래가 보일 겁니다.

호로스코프 벨린 카드를 열어 보았다. 첫 장부터 데스 카드가 나와 역시나 이 공부를 하다 보면 한계에 부딪힐 것이고 중간에 스톱이 되거나 건강에 문제가 들어올 수도 있을 거라는 느낌이 뚜렷해졌다. 데스 카드는 ‘질병’이라는 뜻도 있기 때문에 여기서는 ‘건강’으로 해석된다.

" 첫 장의 그림은 무서운 것이 아니고 지금까지 말씀드린 상황을 정리해 주네요. 피아노를 치다 보면 몸도 정신적으로도 많이 힘들어진다는 뜻입니다.

메시지 카드와 큐피드 카드는 좋은 카드다. 그러나 마르세유 카드가 전반적으로 좋지 않게 해석이 됐는데 반대로 호로스코프에서 좋은 카드 이미지가 나왔다고 해서 그것을 보고 다시 좋은 쪽으로 풀려고 하면 오류가 생긴다. 이런 경우에는 그녀의 바람으로 해석해야 한다.

그녀는 그래도 아직은 재즈 피아노를 하고 싶은 것 같지만 빨리 전환하는 것이 바람직할 것 같았다. 그리고 메시지 카드는 글이 보이기 때문에 '몸이 아닌 글로 승부하라'는 의미로 해석할 수 있다.

" 다른 두 장의 카드에서는 안정된 그림들이 보이고 있는데요, 이것은 W님의 바람이라고 생각하시고 좀 더 신중하게 고민해 보셨으면 좋겠습니다. 활자화될 수 있는 감각적인 일을 찾아도 좋다고 또 나오고 있기 때문에 제가 조금 전에 길잡이 해 드린 쪽으로 꼭 생각해 보셨으면 하네요. 피아노를 치신 게 얼마나 됐는지 모르겠지만 아까워하지 마시고 과감할 땐 과감해졌으면 좋겠습니다.

"아니, 그다지 오래되지는 않았어요. 지금 반 년 정도 됐어요. 제가 생각했던 것보다 너무 어렵고 갈수록 힘들어져서 제 재능에 의심이 들었어요. 예술적인 감각은 있다고 생각했는데 진도를 따라가는 것도 벅차고 다른 친구들보다 뒤처지니까, 그럴 때마다 몇 번이나 울면서 고민했어요. 이게 아닌가 하는 생각이 들고 너무 불안해서……."

자신의 길을 찾아가는 과정에서 모두 한 번씩은 쓰러져 보았을 것이다. 그럴 때는 쓰러져 절망하지 말고 다시 일어나서 시작하면 된다.

“ 자신에게 잘 맞는 일을 선택하는 건 정말 중요한 일이죠. W님이 이 길을 택한 건 어쨌든 본인에게 재능이 있다는 걸 알았으니까 시작하셨을 거예요. 조금만 진로를 변경해서 본인에게 딱 맞는 공부를 하신다면 훨씬 더 즐겁게 할 수 있을 거예요. 좋은 결과가 있기를 기도하겠습니다.

“아, 저 작사하는 거 좋아해요. 예전부터 혼자서 만들어 보고 부르기도 했는데요, 그걸 직업으로 해야겠다는 생각은 전혀 못 했어요. 그런데 이제 진지하게 생각해 봐야겠어요.”

그녀는 자신감을 되찾은 얼굴로 눈을 반짝이고 있었다. 들어올 때의 얼굴 표정과는 완전히 달라진 그녀는 이제 20대다운 활기를 되찾은 듯 보였다. 밝은 기운을 어깨에 담고 돌아가는 뒷모습을 보니 조금은 안심이 되었다.

누군가와 파장이 맞아 길잡이를 해 주고 서로 인생 얘기를 한다는 것은 너무나도 행복하고 감사한 일이다. 나는 앞으로도 누군가의 인생에 길잡이를 해 주는 사람으로 남고 싶다. 게다가 이렇게 감사한 일들만 생긴다면 더욱 기쁠 것이다.

Episode 15

/

자신감이 많이 떨어졌어요

3

3

6

4

10

19

문

아궁이

우주

머리모양은 더벅머리에다가 수염은 듬성듬성 난 얼핏 보면 흔한 동네 아저씨 같은 남자가 들어왔다. 그런데 긴장된 표정으로 눈 인사를 건네며 들어오는 모습을 자세히 보니 20대의 건장한 청년이었다.

그는 의자에 앉으면서 조급하게 질문을 꺼내놓았다. 이번 면접 결과에 대해서 궁금하고, 만약 결과가 안 좋다고 나온다면 어떤 방법이든 대책을 세워서 진행하고 싶다는 것이었다.

“취업이라는 게 이렇게 힘들고 사람을 초라하게 만드는 건지 몰랐습니다. 너무 두렵습니다. 지금까지 계속 낙방하기만 했는데 과연 올해에 취업이 될까요?

취업의 종류는 달랐지만 나의 청년 시절이 문득 생각나면서 왠지 짠한 마음이 들어, 혹시라도 안 좋은 결과가 나온다고 하더라도 따뜻한 희망을 안겨 주고 싶다는 생각이 들었다.

첫 카드에 의외로 안정된 4번 카드가 나오는 것이었다.

“자, 우선 현재 상황을 보여 드리겠습니다. 우려했던 것보다 첫 장에서는 안정된 그림이 나왔네요. 첫 장만을 보고 처음부터 긍정적으로 설명하기에는 부담이 되지만 그래도 괜찮은 그림으로 시작해서 일단은 좋아 보이네요. 좀 더 카드를 풀어 보자면 지금 지원한 회사가 객관적으로 안정되고 좋은 회사네요. M님의 성격도 책임감과 리더십을 갖추고 있다고 보입니다.

첫 장은 그의 상황이나 성격이 많이 표현되는 카드여서 이렇게 풀고 편안하게 두 번째 카드로 넘어갔다. 두 번째에서는 지금까지 기다려 왔던 모습이 자연스럽게 나왔다. 10번 카드는 '재도전'이라는 뜻이 있는 카드여서 당연히 안 좋은 상황이 돌고 돌았다고 봐야 한다.

“말씀하신 것처럼 그동안 변화 없이 돌고 돌았다는 것을 의미하는 그림이 나왔네요. 나쁘다는 말은 아니고 그런 상황이었다는 것을 보여 주려고 나온 것 같습니다. 안심하시고 좀 더 지켜보자고요.

마르세유 카드에서 마지막 세 번째 카드는 밝은 19번 카드가 나와서 미래를 연결해 주는 느낌이 좋아 보였다. 19번 카드는 청년의 실력으로 봐야 할 것이다. 머리 회전이나 실력이 둔탁한 사람은 아니라는 것이다. 그리고 스펙도 좋은 사람으로 해석해야 한다. 지금까지 운이 안 좋은 것이지 실력 때문에 떨어진 것처럼 보이진 않았다.

“M님의 큰 장점은 머리가 좋다고 나오고요. 공부도 열심히 하셔서 다른 경쟁자들보다 실력이 좋을 것 같습니다. 지금 얼굴 모습은 약간 어수선해 보이는데 카드를 열어 보니깐 달라 보이네요.

뻣뻣하게 앉아있는 그에게 농담을 건네며 분위기를 푸니, 청년도 멋쩍게 씨익 웃어 보였다.

"현재 상황을 종합해서 보니, 왠지 본인의 안 좋은 상황이 오래갈 것 같진 않습니다. 그래도 좀 더 자세히 보려면 답 카드를 열어 봐야 합니다. 이 카드들의 숫자를 다 더해서 규칙을 적용시켜서 답을 열어 드리는 건데요, 잠시만 기다려 주세요.

선택된 마르세유 카드에서는 청년의 취업 흐름이 좋을 것으로 느껴졌는데, 암장에서도 밝은 3번 여왕 카드가 두 장이나 나와서 계속 긍정적으로 보게 되었다.
여기서 두 장의 3번 카드는 여러 가지로 해석이 된다. 청년의 기본 실력을 다시 한 번 확인해 주는 것이기도 하고, 이제 취업운이 열릴 것이라는 의미로도 해석된다. 아래 선택된 마르세유 카드에서 4번 카드를 '수준 높은 회사'로 인지했던 만큼, 이제 3번 여왕 카드처럼 그 수준 높은 회사에 수준 높은 사람들이 많이 지원한 것으로도 이해할 수 있었다.
아직 덮여 있는 호로스코프 벨린 카드를 제외한 전체 마르세유를 훑어보면, 첫 번째 세로줄 위아래에 3, 4번 카드가 나란히 나왔다는 것은 앞으로 청년에게 아주 좋은 일이 생긴다는 뜻으로 해석할 수 있다. 3번과 4번 카드는 어떤 질문이든 좋은 일이 생긴다는 긍정적인 궁합 카드기 때문이다. 이제야 청년의 취업운이 빛을 보인다는 뜻으로 봐도 될 것이다.
'경쟁'이라는 매뉴얼을 가지고 있는 암장 6번 카드는 그 회사를 지원한 취업생들과의 경쟁이 만만치 않음을 의미하는 것으로 해석할 수 있었다.

"지원한 회사가 좋은 회사라서 그런지 경쟁자들도 실력들이 다 좋은가 봐요. 그런 분들을 이겨야 취업이 되는 것인데, 제가 볼 때는 M님께서 훌륭한 실력이 뒷받침되어 있고 이제야 좋은 운이 같이 오고 있기 때문에 이번에는 기쁜 소식이 올 것 같습니다. 아직 백 퍼센트는 아니지만 분위기가 너무 좋네요. M님의 질문처럼 흑과 백을 가려내는 합격운을 상담할 때는 보조 카드를 다 열어야지 완벽한 답이 나옵니다. 보조 카드로 넘어가기 전에 좀 더 설명을 해 드리자면요. 여기 첫 번째 세로 줄을 보면 왕 카드들이 붙어 있는데, 그것은 본인의 운이 최고로 들어왔다는 뜻입니다. 그래서 취업운은 지금 좋다고 해석한 것입니다. 저도 M님이 꼭 붙어서 좋은 소식을 듣고 싶네요. 경쟁자들이 만만치 않지만 M님의 운이 더 좋게 흘러가는 것으로 느껴지고 있습니다.

이제 나머지 보조 카드를 열어 보고 확실히 합격 여부를 읽을 차례였다. 우려되었던 것은, 암장에서 똑같은 3번 카드가 나란히 있어서 결국엔 청년하고 비슷한 실력을 가진 경쟁자와 최종 과정에서 만나게 될 것 같다는 생각이었다. 그래서 결과적으로 어떻게 되는지는 보조 카드인 호로스코프 벨린 카드에서 결정이 될 것이다.
이번 상담에서는 호로스코프 벨린 카드가 아주 중요한 역할을 한다. 물론 다른 상담에서도 중요하지만 '예', '아니오'가 명확히 나와야 하는 질문은 호로스코프 벨린 카드가 큰 역할을 한다.
기본적으로 변수가 없는 경우 보통 첫 번째 자리를 그의 자리로 해석하는 것이 좋은데, 이 첫 카드로 문 카드가 나온 것이다. 그 위의 세로줄에서는 앞에서 언급했듯이 4번과 3번이 연달아 있었다. 3번과 4번이 서로 마주 보고 있거나 세로로 바로 연결되어 있으면 최고로 궁합이 좋은 것이기 때문에, 순간 나는 '됐다! 분명히 합격이다'라는 것을 감지했고 약간 흥분도 되었다. 문 카드는 문 사이에서 빛이 나는 그림이어서 긍정적인 카드로 해석되는 경우가 많다.

> 와, 빛이 보이고 있어요. 즉 가능성이 점점 높아진다는 뜻입니다. 첫 번째 세로줄에 왕들끼리 나란히 위아래로 있고 밑에 이렇게 문이 열리는 카드가 나와서 아주 보기 좋습니다.

두 번째 카드에서도 긍정적인 아궁이 카드가 나왔는데 예감은 반반이었다. 왜냐하면 좋은 카드가 연달아 나와서 당연히 좋은 것이지만, 두 번째 세로줄을 경쟁상대로 본다면 경쟁자도 운이 좋아 합격 확률이 높다고 볼 수 있었기 때문이다. 최종에서 한 명만 뽑는다면 과연 어떻게 되는 것인지 나 또한 궁금해졌다.

> 옆에 따뜻한 느낌을 주는 그림도 있어서 이번 면접에서의 좋은 결과를 기대해 봐도 좋을 것 같습니다. 한 가지 걸리는 것은 M님하고 거의 비슷한 실력으로 경쟁하는 누군가가 생길 것 같습니다. 회사 측에서 그분과 M님을 놓고서 저울질을 할 것 같아요. 저도 조금 긴장이 되네요.

마지막 세 번째 카드에서도 역시나 좋은 기운인 우주 카드가 나오자 일단은 합격으로 생각되었다. 어떤 변수가 있는지는 다시 천천히 읽어 봐야 할 것 같았다.

> 그렇지만 전체적인 느낌과 결과는 아주 좋습니다. 경쟁상대가 걸리긴 하지만 워낙 M님의 기운이 좋아 보여서 제가 볼 때는 일단 합격이라는 통보를 받을 것 같고요. 그분도 운이 좋다면 같이 합격 통보를 받겠죠. 꼭 좋은 일이 있을 겁니다.

"완전히 자신감이 떨어져 있었는데 결과가 좋게 나오니까 좀 안심이 됩니다. 상상만 해도 기분이 좋아지네요. 4학년 때부터 취업을 준비했는데 몇 번을 떨어지다 보니까 공부를 헛되게 한 게 아닌가, 더 공부를 해야 되는 건가 유학을 가야 되는 건가 도저히 알 수가 없어서요. 정말 고민이 많았습니다."

이 고민은 대한민국에 사는 취업 준비생이라면 누구나 가지고 있는 고민일 것이다. 실력은 기본이지만 워낙 경쟁이 치열하다 보니 열심히 한다고 해서 취업이 보장되지는 않는 것 같다. 그럼 결국 운이 따라야 된다는 얘기인가? 그 운이라는 것을 어떤 이가 속 시원하게 풀어 줄 수 있겠는가. 어떻게 해야 운이 좋아지고 기회가 오는 건지는 정말 알 수가 없다.

어른들이 말씀하시길 무조건 열심히 하다 보면 운은 찾아온다고 하지만, 과연 그 많은 사람들이 열심히 하지 않아서 절망을 맛보는 걸까 하는 생각도 든다.

정말 안되는 것은 빨리 바꿔 주는 것도 방법이라고 생각한다. 그 방법을 바꿔 주는 길잡이로, 상담하는 것도 하나의 방법일 수 있다. 만약 그림에서 취업이 계속 어려울 거라고 보여 주었다면 그런 상황에서의 희망 고문은 절대로 옳은 상담이 아닐 것이다. 그럴 때 방법론을 바꿔 준다면 그 사람의 인생이 좋아질 수 있다. 그것이 상담의 힘인 것 같다.

청년도 어려서부터 성실하게 준비를 해 왔지만 번번이 실패를 겪었을 것이다. 취업 준비생으로 공부만 한 듯한 첫인상은 동네 백수같이 후줄근하기까지 했다. 그동안의 고단한 일상을 말해 주듯이 말이다. 그러나 그에게는 이제 운이 들어오는 건지도 모른다. 나는 단지 그것을 읽어 줬을 뿐인데 자신감을 되찾는 청년의 모습을 보니 마치 그의 능력을 일깨워 주기라도 한 것 같아 너무나 뿌듯했다.

“근래에 좋은 결과가 있는 분들을 찾기가 힘들었는데 이렇게 직접 보니까 저 또한 기분이 좋아집니다. 어딜 가서든 일도 잘하실 것 같고, 카드에서 전반적으로 수치 개념이나 센스가 돋보이게 나와서 그런 쪽으로 인정받으실 것 같아요. 좀 더 해 드리자면 조직에서 적응도 잘하셔서 계속 승승장구하실 것 같네요. 너무 좋습니다. 이런 기분으로 기다려 보자고요. 잘 될 거예요. 이제야 빛이 보이고 보상을 받는다고 하니까요. 결과가 나오면 꼭 저한테도 알려 주세요. 저도 합격을 기원하고 있겠습니다. 파이팅입니다. 다음에는 멀끔한 직장인으로 변신한 모습으로 만나길 기대하겠습니다.

청년은 결과가 나오는 대로 연락을 주겠다고 하면서 상담실을 나섰다. 쾌쾌한 독서실 냄새를 풍기며 시작된 상담은 향수 냄새를 맡은 것처럼 향기롭게 끝이 났다.

돌아가는 청년을 보며 괜히 기분이 훈훈해져서 그날 하루를 잘 마무리할 수 있었다. 오히려 이런 청년들이 찾아와 줘서 좋은 기운을 주고 간다면, 그것이 바로 힐링인 것 같다. 감사할 뿐이다.

그리고 2주 후에 청년에게 문자 한 통이 왔다. ‘감사합니다. 뭐 드시고 싶으세요?’ 합격했다는 소식에 너무나 기쁘고 뿌듯했다.

그가 합격한 것은 실력과 운이 딱 떨어진 결과일 것이다. 청년은 회사에 들어가서도 일을 훌륭하게 잘 해낼 것이라 믿는다.

Episode 16

/

이직을 했습니다

5 2 7

21 10 21

남자 생각 예쁜 집 메시지

4년 전 어느 여대 앞에서

예약제로 개인 상담을 하고 있을 때였다. 역시나 겉모습을 보고는 그 사람을 알 수 없다. 워낙 많은 사람을 만나는 일이다 보니 그야말로 천차만별의 첫인상과 개성을 지닌 사람을 매일 접하고, 그러면서 나도 모르게 그 사람에 대해 지레짐작을 하게 된다. 그런데 막상 카드를 열어 보고 대화를 나누다 보면 또 다른 모습을 보게 된다.

어느 한가로운 봄날, 30대로 보이는 건장한 남자가 나를 찾아왔다. 따뜻한 봄기운에 기분까지 좋아지는 날이었다. 이렇게 화창하고 좋은 날씨에 그는 면도도 하지 않고 까칠한 얼굴에, 철 지난 옷을 아무렇게나 걸치고 들어오는 것이었다. 자유로워 보이기는 하지만, 어찌 보면 거칠어 보이기도 하는 인상이었다.

“제가 지금 회사를 다니고 있는데요, 옮긴 지 얼마 안 됐어요. 제가 이 회사하고 잘 맞는지, 오랫동안 잘 다닐 수 있는지 궁금합니다.

겉보기에는 자유로운 직업을 가진 사람으로 보였는데 회사를 다니고 있다고 해서 놀라웠다. 그런 느낌으로 카드를 열기 시작하는데, 첫 번째 21번 카드에서 외모와는 정반대로 화려하고 예쁘며 종합적인 끼가 보이는 카드가 나왔다. 첫 장부터 그의 바람이 나온 것인가 하는 생각도 해 봤지만, 이런 상황에서는 '이 회사에서 완벽하게 하고 싶은 마음'으로 해석하는 것이 옳을 것이다.

“ 여기 회사로 옮기신 지 얼마 안 됐다고 하셨는데, 그래서 그런지 완벽하게 하려고 하는 모습이 보이고 있습니다.

가볍게 얘기하고 다음 카드를 열어 보니 다람쥐 쳇바퀴 돌 듯 한 가지 일을 계속 하고 있다는 느낌의 10번 카드가 보였다. 이직한 회사가 전에 다니던 회사와 비슷한 직종인 것으로 해석되었다.

“ 일 종류로 봐서는 같은 계열로 계속 해 오신 걸로 보입니다. 현재 상황으로 봤을 때는 무난하게 잘 맞춰 나가실 것 같습니다.

세 번째 카드에서도 21번 카드가 복수로 나오고 있었다. 그렇다는 것은 그가 그냥저냥 비슷한 회사로 옮긴 것이 아니라 더 큰 자리에서 야심차게 무언가를 시작하고 있다는 암시가 아닐까 하는 생각이 들었다. 이직한 회사는 결코 작은 회사가 아니고 해외로도 연결된 규모가 큰 회사일 듯했다. 이 카드에는 '화려함', '외국', '부피가 큼', '완벽함'이라는 뜻이 들어 있다. 그의 외모와 선택된 카드가 전혀 매치가 되지 않아 당황스러웠다. 선입견을 가져서는 안 되는데…….

"음, 카드를 열수록 탄탄한 느낌이 드네요. I님이 이직한 직장이 외국하고도 연관이 되는 큰 회사인 것 같습니다. 가벼운 마음으로 이 회사로 옮기신 것 같지는 않고, 한번 해 보겠다는 큰 마음으로 이직을 하신 것 같네요. 그런 패기를 가질 만한 도전이었다고 느껴집니다.

세 장의 카드는 현재 상황이어서 그의 질문이었던 '이 회사와 잘 맞는지?'에 대한 답은 아직 나오지 않은 것이다. 여기까지 봤을 때 그의 이직이 괜찮은 선택이었다는 것은 말할 수 있다. 미래가 있는 좋은 회사에 들어간 것 같았다.

"일단 이 회사는 전반적으로 괜찮은 것으로 나오고요. I님께서 이직하신 것도 긍정적으로 보이고 있습니다.

여기 암장에서는 먼저 5번과 2번 카드를 동시에 보아야 한다. 이 두 카드는 이름에 '교황'이 공통적으로 들어가 있는데, 궁합이 아주 잘 맞는 카드다. 순서가 5번, 2번으로 나오고 이번에는 방향도 서로 쳐다보고 있다. 이는 그와 지금 직장은 합이 들어왔고 잘 맞아서 오래 일을 할 것이라는 뜻이었다.
옆에 있는 7번 카드는 열심히 직장을 다닌다는 뜻으로도 해석이 되고, 일의 특징으로 봐도 된다. 사무직보다 움직임이 많은 일이라고 풀이할 수 있는 것이다. 7번 카드의 매뉴얼은 '역마', '해외'다. 따라서 그는 움직임이 많은 사람으로 해석되었다. 또 지금 회사를 옮긴 상황이기 때문에 새로운 곳에서 새롭게 시작하는 것으로도 볼 수 있었다.
일이 많아서 정신없이 바빠 보이지만, 그가 잘 맞춰 가는 느낌이 들었다. 회사에 문제가 있어서 금방 다른 곳으로 옮겨야 되는 상황은 아닌 것 같았다.

> 이 회사는 I님과 궁합이 잘 맞아서 오랫동안 잘 다닐 수 있을 것 같네요. 사무직보다는 활동적으로 일하시는 모습으로 나오고 있는데요, 그게 I님과도 잘 어울려서 활기차게 진행하시는 것으로 보입니다. 일은 매우 바쁘고 정신없을 거라고 해서 그것이 조금은 불만일 수도 있겠네요. 그건 일의 특성상 어쩔 수 없을 것 같으니까요, 그 부분을 감수하신다면 회사를 다시 옮겨야 될 만한 큰 문제는 없을 것 같습니다. 아직 카드를 다 열지는 않았지만 지금까지 봐서는 무겁지 않고 좋습니다.

처음에 생각했던 모습하고는 반대로 흘러가서 속으로는 계속 당황스러웠다. '도대체 이 사람은 왜 이런 모습으로 왔을까'하는 생각도 들었다. 나의 머릿속은 빨리 카드를 다 열고 어떤 상황인지 알고 싶은 생각에 조금 복잡하기도 했다.
보조를 해 주는 호로스코프 벨린 카드에서는 첫 번째로 남자 생각 카드가 나왔다. 이 상황에서 이 카드는 깊은 고민거리가 있다기보다는 그가 일을 더 잘하려고 하는 생각으로 읽어야 한다.

> 앞에서도 말씀드렸지만 I님은 일하실 때 대충 대충하는 스타일이 아니기 때문에 생각하고 또 생각하는 모습이 여기서도 보이고 있습니다. 잘하시는 것은 좋은데 너무 깊게 생각하고 하시다 보면 정체될 수도 있으니까 편하게 하시면 좋겠어요.

두 번째 예쁜 집 카드는 그의 직종으로 느껴졌다. 처음 마르세유에서도 그랬지만, 그에게는 겉모습과는 다르게 자꾸 예쁘고 감각적인 카드가 나오고 있었다. 분명 그의 일과 연관된 카드일 것이다.

> 감각적인 건물이 보이는 것으로 봐서는 아무래도 I님의 직장은 예술성을 바탕으로 하는 일을 할 것 같아요. 예를 들면 해외에 예술품을 수출입하는 일이라든지 건축이나 인테리어 같은 일이라면 I님의 능력을 십분 발휘하실 것 같고, 회사도 발전할 수 있을 것 같습니다.

마지막 메시지 카드는 현재 직장에서 그가 꾸준히 자기 역할을 잘하면서 인정을 받게 되고, 회사는 앞으로 일이 많아져 더 발전한다는 뜻으로 봐야 한다. 그는 회사에서 일반 사원이 아닌 책임자의 역할을 맡고 있는 것으로 보이기도 했다.

> 회사가 점점 더 좋아진다고 나오네요. 직원들이 주인 의식을 갖고 일을 해서 회사가 더 커지고 튼튼해진다는 뜻으로 생각됩니다.

카드를 보다가 호로스코프 벨린 카드에서 해답을 얻는 경우가 여러 번 있었다. 이번에도 그런 경우인 것 같았다. 질문은 '본인이 직장하고 잘 맞는지?'였는데, 그가 하는 일의 종류를 알면 더 쉽게 풀어 나갈 수도 있었다. 어떤 일과 어떤 직장인지 전혀 모르고 단지 카드에서 답을 얻어 상담을 진행하기 때문에 가끔은 답답할 때도 있지만, 이번 경우처럼 보조 카드에서 해답을 얻기도 한다.

> 질문에 대한 답을 다시 정리해 드리겠습니다. 전반적으로 완벽하게 하려는 성격과 책임감 있게 일을 하려는 모습이 느껴졌습니다. 제가 볼 때 일반 사원이 아닌

책임자의 느낌이 들었고요. 직종과 회사는 정확히 어떤 종류인지는 모르겠지만 감각을 요하는 일인 것으로 보입니다. 그 일을 오랫동안 실력을 인정받으면서 해 오신 것 같습니다. 당연히 회사 입장에서 I님이 필요한 것이고, I님도 회사를 믿고 잘 가려고 하는 모습으로 정리되고 있습니다. 일이 바쁜 것은 할 수 없지만, 개인 시간을 잘 조절해서 휴식을 취하신다면 꾸준히 잘 다니실 거라고 생각됩니다. 앞으로 큰 문제는 없을 것 같고요, 즐겁게 직장생활하시면 될 것 같습니다. 응원하겠습니다.

그는 수염이 듬성듬성한 얼굴을 한 번 쓱 문지르더니 쑥스럽게 웃었다.
"이제 제가 말해도 되죠? 제가 하는 일은 인테리어예요. 공사 현장이 이 근처라서 일부러 날짜를 맞춰서 예약을 했어요. 늘 현장에 있기 때문에 항상 이런 복장에 이런 모습이죠. 이번 공사는 외국 브랜드 매장 공사인데요, 감각적인 거랑 외국이라는 말이 나와서 아주 흥미로웠습니다."
그는 학교를 졸업한 후 꾸준히 이 계통에서 일을 해서 꽤 경력을 쌓았고, 지금 회사에서는 팀장 직을 맡고 있다고 했다. 전에 다니던 회사가 불안하여 회사를 옮겼더니 이번에는 일이 너무 많아 힘들었던 모양이었다. 그의 직업을 듣고 보니 역시 카드는 속이지 않는다는 것을 또 한 번 느끼게 되었다.
"여기뿐만 아니라 지방에도 몇 군데 공사가 계속 잡혀 있습니다. 전 직장에서도 일이 많았는데 여기서는 더 많아서 개인 시간이 전혀 없습니다. 원래 이 계통이 한가하지는 않지만 이 정도로 일이 많을 줄은 몰랐습니다. 인테리어 일은 제 적성에 잘 맞는 것 같은데요, 정신없이 돌아가다 보니까 제가 잘 들어온 건지 순간적으로 고민이 됐습니다. 실은 고민할 시간도 없이 바쁘네요. 그래도 일이 잘 맞고 회사도 잘된다고 하니까 안심이 됩니다."

상담이 마무리 되어갈 때쯤 울린 전화를 받으며 그는 부랴부랴 자리에서 일어났다.

성격이나 직업들이 겉모습하고 일맥상통하는 사람들도 있다. 그러나 그 모습을 보고 짐작하여 상담을 하려 한다면, 객관적인 상담을 할 수 없고 오류를 피할 수 없을 것이다.

그날의 상담은 카운슬러로서 다시 한 번 마음을 다잡는 계기가 되었다. 긴장감이 풀어지고 있을 즈음 그것을 확인하고 다시 정진하라는 의미로 받아들여져 깊은 생각을 하게 되었다. 겉모습에 속지 말고 카드에 집중하여 맑은 정신으로 전진하는 카운슬러가 되자고 다시 한 번 다짐했다.

카드는 속이지 않는다. 다만 우리가 깊이 못 읽을 뿐이다.

Episode 17

/

문제는 다른 곳에 있을지도

15

10

5

6

4

9

2

큐피트

브레이크

아궁이

타로 상담은 개인 상담뿐 아니라
각종 이벤트로 진행하는 경우도 많아 가끔 새로운 곳에서 에너지를 얻어 오기도 한다. 그것이 타로 상담의 장점 중 하나인 것 같다. 여러 곳에서 다양한 사람들을 만나게 되는데 시원한 청량음료를 마시는 것처럼 생활의 활력소가 된다.

연말 가족 모임 송년회에 초청을 받아 타로 상담을 한 적이 있다. 가족 모임이라고는 하지만 꽤 많은 인원이 모여 즐겁게 행사를 진행했다.

어른들 틈에서 중학생으로 보이는 남학생이 혼자 테이블 쪽으로 오더니 진로 상담을 하고 싶다고 했다. 그 나이에 진로를 고민한다는 자체만으로 기특하고 예뻐 보였다. 최선을 다해서 차분하게 학생과의 상담을 시작했다. 학생이 가벼워 보이지 않았기 때문에 존칭을 써 주면서, 한편으로는 편한 선배 같은 느낌을 주기 위해 가끔 반말도 섞어 가며 친근하게 설명해 주었다.

“자, 그럼 이 노란색 카드를 집중해서 섞어서 그 주제를 생각하고 세 장만 뽑아 주세요. 뽑은 이 세 장의 카드는 아직 답은 아니고, 현재 상황이나 과거나 본인의 성격 등이 나오기 때문에 지금은 편하게 들으면 돼요.

먼저 선택된 마르세유 카드를 풀어 보자면, 이 학생의 성향은 또래보다 성숙하고 응석 부리지 않는 남자다운 성격이 강하게 드러났다. 4번 카드가 학생의 이런 성향을 나타내고 있었다.

“ 친구의 장점은 나이에 비해 성숙하다는 것이 먼저 보이고 있네요. 어린애같이 기대거나 철이 없어 보이거나 하지는 않을 것 같아요.

다음 9번 카드가 나왔다. 자기주장과 고집이 강해서 주위 사람들과 의견 충돌이 자주 생길 수 있다는 것이다. 누구한테나 고집은 있다. 그 고집을 언제 부려야 하고, 언제 융통성을 발휘해야 하는지를 알아야 할 것이다. 이 학생 같은 성향은 좀 더 싹싹해져야지만 어디 가서든 예쁨을 받을 것 같았다.

“ 학생의 이런 장점은 참 좋은데, 사람이 장점이 있으면 단점도 있기 마련이잖아. 학생이 주의해야 할 점은 융통성이라고 말해 주고 싶어요. 귀가 막혀 있으면 나중에는 사람들하고 단절될 수도 있으니깐, 조금만 더 사람들의 말을 들으려고 신경 써 주면 좋을 것 같네요. 우리 친구 같은 성향은 또래하고 왁자지껄 노는 것보다 혼자 지내는 것을 더 좋아할 것 같고요. 4번과 9번 카드가 같이 나왔다는 거는 좀 애늙은이 같은 성향이 있어 보여요. 활발하게 단체 활동을 많이 하려고 해 봐요. 그러면 나중에 사회 생활할 때 도움이 많이 될 것 같아요.

학생이다 보니 당연한 카드가 선택됐다. 다음의 2번 카드는 공부 카드이기 때문에 일단 다른 진로보다는 열심히 공부를 해야 할 것 같았다. 현재 상황 카드에서는 예체능 쪽은 보이지 않기 때문에 기본적으로 공부하기를 권했다.

> "학생이어서 이런 카드가 나왔는지 모르겠지만, 역시 공부하라고 나오네. 다른 끼보다는 일단은 공부를 해서 그쪽으로 진로를 정해서 가야 할 것 같아요. 아직 어떤 공부를 하라는 것은 나오지 않았기 때문에 잡아 주기는 힘들고, 전체적으로 넓게 봐서 책하고 씨름하는 모습이 그려지네요. 더 자세한 얘기는 지금 선택된 카드를 모두 더해서 답 카드를 열고 얘기해 줄게요. 잠깐만요.

이 학생에게는 두 가지 정도의 직업군이 들어왔다. 우선 암장에서 먼저 읽어야 할 것은 세 번째에 나온 5번 카드와 함께 마르세유 2번 카드를 같이 봐야 한다. 두 카드는 합이 잘 맞는 카드기 때문에 학생에게 잘 맞는 직업이 들어왔다는 것이다.

15번 카드에서 볼 수 있는 직업은 여러 가지가 있지만, 선택된 카드에서 예체능 기질이 없어 보였기 때문에 이공계로 잡아야 한다. 또 한 가지 직업군은 5번, 6번 카드를 같이 보아 사람을 상대하는 일로 생각해 볼 수 있다. 융통성이 떨어진다고 나왔기 때문에 영업은 아니다. 그러면 어떻게 해석해야 할까? 전문성을 띠고 있는 마르세유 카드 4번, 9번 카드와 사람 상대를 하면 좋다는 암장 카드 15번, 5번, 6번 카드를 묶어서 본다면 나라에서 인정한 전문직, 즉 군인이나 경찰과 같은 직업군이 들어온다. 크게 말하면 공무원이라 할 수 있다. 이렇게 두 종류로 분석이 되었다. 아직 풀지 않은 10번 카드는 이런 직업을 한다면 길게 갈 수 있다는 뜻으로 해석되었다.

성인들은 이미 자아가 형성되어 있기 때문에 진로나 직업을 잡아 주기가 힘들지만, 아이들은 무한한 가능성이 있어서 이렇게 몇 가지 진로를 제시할 수 있다. 한 방향보다 두 가지 정도로 잡아 주는 것도 좋은 방법이다. 그러면 본인들이 진로를 선택할 때 폭이 넓어지므로 보다 자유롭게 고민해 볼 수 있다.

“이제부터는 진로나 직업에 대해서 좀 더 자세히 얘기를 해 줄게. 궁금한 점들은 설명 끝나고 질문해도 되니깐 잘 들어 봐요. 친구 같은 경우는 머리가 좋고 사람 상대를 잘한다고 나왔어. 크게 두 가지로 나눠 본다면 우선 이공계를 생각해 볼 수 있을 것 같아. 이공계는 어려운 공부이긴 하지만 학생이 머리 회전이 좋아 보이니깐 잘할 수 있겠는데. 아직은 중학생이어서 완벽하게는 못 하겠지만, 서서히 준비한다 생각하고 관련 과목에 좀 더 집중해 봐요. 사람 상대를 하라고 나왔는데, 끼가 있어서 사람을 끄는 스타일은 아닌 것 같고 전문적으로 공부를 해서 갈 수 있는 분야를 생각해 봐야 할 것 같아. 아까 책 많이 보고 공부하라고 했잖아. 그렇게 시험 봐서 들어가는 경찰이나 직업 군인도 좋고, 공무원이 괜찮겠어요. 물론 아직 갈 길이 멀지만 크게는 이렇게 두 가지로 나눠 주고 싶고, 지금은 학생 신분이기 때문에 공부에 집중하는 것이 우선이겠죠. 요점은 예체능으로 생각하기보다는 공부를 하라는 뜻이야. 그렇게 하면 꾸준히 잘될 수 있을 거예요.

학생은 조용히 내 이야기에 집중하고 있었다.

“그럼 이렇게 준비하면서 갈 때 어떤 문제가 생기고 주의해야 되는 것들이 무엇이 있는지, 보조 카드를 보면서 보충 설명을 해 줄게요.

원래 큐피드 카드는 마르세유 카드가 좋게 해석이 됐다면 마찬가지로 좋은 쪽으로 해석이 되고, 안 좋게 해석이 됐다면 안 좋은 쪽으로 가는 카드다. 여기서는 앞서 설명한 대로 진로를 선택한다면 학생이 잘해 갈 것이라고 풀이할 수 있다.

" 진로는 그렇게 간다면 크게 나빠지지는 않을 것 같아. 본인도 잘 맞춰 갈 수 있을 것 같고, 그쪽 방향에 재능도 있어 보이기 때문에 앞으로 천천히 준비만 잘한다면 성공적인 미래가 열린다는 뜻이에요.

무난하게 진로 상담이 진행되고 있는데 다음 카드에서는 뜻밖에도 브레이크 카드가 나왔다. 이것은 무슨 의미일까? 모든 카드는 항상 단독으로 읽는 것보다 세로로 읽어야 한다. 이번 카드도 세로로 같이 본다면, 이 학생이 스트레스를 많이 받아서 공부하는 데 지장이 있을 수 있다는 것이었다. 그럼 어떤 스트레스를 받고 있느냐가 문제인데, 위의 9번 카드가 인물 카드이고 어른의 의미여서 나는 이것을 가족으로 해석했다. 마르세유 4번과 9번 카드에는 가족이라는 분위기도 있기 때문이다. 남자 카드기 때문에 가족 중에서도 아버지나 형제라는 뜻이었다. 일반적으로 아버지라면 서로 의사소통이 안 되는 문제일 것이고, 아마도 형제라면 비교 대상이 되어 스트레스를 받는 것일 가능성이 컸다.

" 아, 그런데 앞으로 공부하고 생활하는 과정에서 장애물이 생기는 것 같아. 약간 문제가 들어오는 것 같은데, 학생이 가족하고 부딪칠 수 있다는 거야. 아버지나 형제가 있다면 그 형제하고 풀어야 하는 숙제가 있을 것 같네. 그 숙제가 잘 풀려야지만 친구의 공부나 진로가 자연스럽게 잘 갈 것 같아요.

아니나 다를까 옆 카드로 '가정'을 의미하는 아궁이 카드가 나와 확신을 더해 주었다. 호로스코프 벨린 카드를 보니 학생의 고민은 진로가 아닌 듯했다. 그 보다는 가정의 불화가 보이고 있었다. 이런 상황이 해결돼야 학생이 어떤 공부를 하든 잘해 낼 것 같았다. 진로 보다 깊은 고민이 있을 거라는 짐작에 좀 더 진지한 이야기를 시작했다.

> "친구는 가족하고 풀어야 하는 문제가 우선인 것 같은데. 그 상황들이 안정돼야 공부도 잘되고, 진로 선택도 매끄럽게 될 것 같아. 선생님한테는 이렇게 보이거든. 이제부터는 우리 친구 말 좀 들어 보고 싶은데 괜찮겠어요?

주변을 돌아보고 가까이에 아무도 없다는 것을 확인하고 나서야 조심스럽게 이야기를 하기 시작했다.

"저, 실은 지금 제일 큰 고민은 형과의 문제예요. 그걸 물어보고 싶긴 했는데 이런 자리에서 제 고민을 얘기한다는 게 이상해 보일 것 같아서 진로를 상담하겠다고 했어요. 이 문제에 대해 얘기가 나와서 좋기는 한데 너무 떨려요. 어릴 때부터 형하고 많이 싸웠어요. 형이 고집이 세고 거친 면이 있어서 저하고는 안 맞아요. 더 화나는 건 형은 공부를 잘해서 부모님이 형을 많이 인정해 줘요."

이 친구도 공부를 못 하는 것은 아닌데 집안의 관심은 모두 형에게 쏠려 있는 모양이었다. 그래서 진로 문제에 대해서도 '어떤 직업을 가져야 나중에 형을 이길 수 있을까?'라는 생각에 휩싸여 있다고 했다. 학생은 그런 자신에 대해서 아주 잘 알고 있었다.

"그 때문에 너무 스트레스를 받아요. 지금은 형하고 거의 말도 안 하는데, 그게 신경 쓰여서 공부하는 데도 지장이 생기는 것 같아요."

학생은 그런 고민을 털어놓을 데가 없다고 여기는 것 같았다. 가족들에게 이야기하는 것도 힘들고, 말한다고 해서 자기편이 되어 줄 거라고 생각하지도 않는 듯했다.
"어릴 때부터 그런 고민을 계속 해 왔는데요, 마침 이런 자리가 있어서 도움을 받고 싶었는데 상담을 받아 보니까 지금 상황이 심각한 것 같아서 좀 겁이 나요. 부모님하고도 점점 멀어지는 느낌이고 집중력도 떨어지는 것 같아요. 너무 힘들어요."
어린 나이에 큰 고민의 무게에 눌려 힘없이 한숨을 쉬면서 고개를 숙이는 모습이 너무나 안쓰러워 보였다.

> "우리가 살아가는데 제일 든든한 내편은 부모님이라고 생각해요. 가족 문제는 혼자 끙끙 아파하지 말고 부모님하고 대화를 나눠 봐야지. 진로는 걱정하지 말고 천천히 지금처럼 공부하면 잘될거야.

가족하고의 문제를 해결해 줄 수는 없지만, 고민을 털어놓을 수 있는 계기를 만들었다는 것에 의미를 두고 싶다. 자신의 마음에 가득한 고민을 숨기고 진로 문제를 상담하러 왔지만, 카드가 먼저 그 고민을 꺼내주었다. 덕분에 자신의 마음을 열고 마주할 수 있었다. 누구에게도 마음을 열 수 없을 때 카드가 그 마음을 열어 마음의 짐을 덜어주었다. 현재의 문제를 해결하고 미래를 계획할 여유가 다시 생겼기를 바란다.

Part three

건강과 기타

Etc.

Episode 18

/

나에게도 이런 일이

3

3

6

에페

21

12

선물

룰루랄라

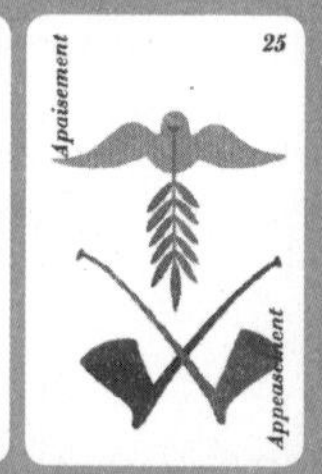

비둘기

상담을 시작하기 전에 가끔 혼자서 따뜻한 차 한잔의 여유를 즐긴다. 겨울날에는 찻잔을 통해 전해지는 온기에 기분까지 녹는 듯하다. 찻잔에서 하얀 김이 흘러나오는 이 느낌이 좋다. 상담과 상담으로 이어지는 바쁜 일과 속에서 짬짬이 찾아오는 혼자만의 시간, 이럴 때 행복을 느낀다. 차 한잔을 핑계로 긴 상담에 지친 마음을 다잡아 본다. 잠깐 혼자만의 휴식을 즐기다 보니 다음 상담 시간이 다가왔다. 미리 전화로 상담을 문의했던 사람에 대해 생각해 보았다. 어떤 사람일까? 무슨 일로 나를 찾아오는 걸까? 조심스러운 노크 소리가 들렸다.

"네, 들어오세요."

문가로 다가가는데 그녀가 먼저 살며시 문을 열었다. 30대 중후반쯤으로 보이는 첫인상이 아주 좋은 여자였다. 머리카락은 흐트러짐 없이 하나로 질끈 묶었고, 깔끔하고 세련된 도시적인 이미지를 풍기고 있었다. 이런 이미지를 가진 여자가 당당하고 곧은 모습으로 들어오기에 나는 '일에 관련된 상담일까?'하고 생각했다.

" 타로는 정확한 주제가 있어야 하는데 어떤 것이 궁금하세요?

당당하고 세련된 첫 모습과 달리 그녀는 우물쭈물하더니 조심스럽게 입을 였었다.

" 이런 질문도 가능할까요? 결혼한 지 10년 가까이 됐는데 임신이 안 돼서 고민이에요. 임신이 될까요? 된다면 언제쯤 되는지? 안된다면 왜 안되고 정말 나한테는 아이가 없는지?

다소 심각한 질문이라 살짝 당황했지만, 태연하게 카드를 집었다. 조금이라도 편한 분위기를 주려고 그 질문도 은근히 많다며 괜히 넉살을 떨었다. 이런 주제는 그녀에게 진지한 일인 만큼 나 또한 가볍게 다가갈 수 없는 무게로 다가온다. 카드에 집중해서 이 문제를 함께 풀어 보자며 마음을 다잡고 상담을 시작했다.
첫 번째부터 에페 카드라는 날카로운 카드가 나와 당황스러웠다. 에페는 칼이기 때문에 여기서는 두 가지로 풀이해 볼 수 있다. 하나는 지금 임신이 안되어 그녀의 심리 상태가 매우 날카롭다는 뜻으로 볼 수 있지만, 다른 하나는 유산으로도 해석할 수 있는 것이다.

" 이 카드는 현재 상태와 과거를 엿보는 카드인데요, 첫 장부터 본인의 마음이 표현된 카드가 나온 것 같아요. 해석을 하자면, 다른 분들이 P님에게 임신에 관한 얘기를 하면 그림의 모양처럼 날카로워지고 예민해진다는 뜻으로 볼 수 있습니다. 지금 상황에서는 어쩔 수 없는 일이지만, 조금만 유하게 생각하시면 좋을 듯하네요.

두 번째 21번 카드는 '완성', 즉 아이를 갖는 것이 나의 삶에서 완성이라는 것을 의미하는 듯했다. 역시 그녀의 바람이 드러난 것이다.

" 이렇게 두 번째 그림을 보니까, 정말 임신을 원하는 마음이 간절한 것 같습니다. P님은 아이를 갖는 것이 행복의 완성이라고 생각하시는 듯해요.

다음 12번 카드는 설명하기가 쉽지 않았다. 이 카드에 '임신'이라는 매뉴얼은 있지만, 처음부터 임신할 거라고 단정지어 말하기엔 너무 부담스러웠다. 선택된 마르세유 카드는 결과가 아니므로 과거와 현재 상태로서 설명해 주는 것이 옳은 방법이다.

" P님께서 임신 질문을 하셔서 그런지 '임신'이라는 카드는 나왔지만, 앞에서 말씀 드렸듯이 지금 이 세 장의 카드는 아직 답이 아니라서 '임신이 곧 될 거예요.'라고 섣불리 말씀 드리기가 힘이 드네요. 이렇게 그림이 거꾸로 묶여 있기 때문에, 현재 나의 마음은 갑갑하고 지금까지 오랫동안 기다려 왔다는 본인의 상황이 나온 것 같습니다.

아직 희망적으로 이야기할 수는 없지만, 아직 세 장의 그림에서 깨지고 틀어지는 내용은 나오지 않아 다행이었다. 그런 부분을 지적하면서 그녀를 안심시켜 주었다. 이제 답 카드를 보며 미래를 예측해 보아야 한다. 쉽지 않은 일이지만 카드가 길을 알려 줄 것이다.

그런 믿음으로 암장 카드를 열어 보니, 3번 카드가 복수로 나오고 있었다. 3번 카드는 단독으로 본다면 아주 좋은 카드다. 나는 속으로 휴, 하고 안도의 한숨을 쉬었다. 선택된 마르세유 카드에서도 기다리라고 한 것이지 깨지는 카드는 나오지 않은 데다 이렇게 좋은 카드가 두 개나 펼쳐진 것이다. 이제 좋은 쪽으로 해석해도 무방할 것이라는 느낌이 들었다.

긍정적으로 푸니 곧 성별도 짐작할 수 있었다. 3번 여왕 카드, 즉 여자 카드이기 때문에 예쁜 딸이 아닐까 조심스럽게 예측할 수 있었다. 그것도 멋있는 엄마를 닮은 딸이다.

다음의 6번 카드는 어떻게 해석해야 할까? 6번의 매뉴얼에는 '친구', 즉 '아이들'이라는 뜻도 있다. 긍정적인 카드인 3번 카드들이 옆에 있기 때문에 이 카드를 보자 그녀의 아이들이 놀고 있는 모습이 자연스레 연상되었다.

긍정적으로 답이 나오면 언제라는 시기도 설명해 줄 수 있다. 별자리는 열두 자리가 있어서 시기를 볼 때는 1년 기준으로 해석하면 된다. 그녀가 나를 방문한 그날은 연초였기 때문에 그 시점에서 미래를 보고, 복수 카드가 중요하므로 그쪽으로 별자리를 본다면 처녀자리인 8~9월에 좋은 소식이 들려올 수 있을 것이다.

또 세로로 해석해 보면 첫 번째 줄 3번 밑에는 에페 카드, 즉 칼이므로 한 번 정도는 유산 경험이 있었을 것 같았다. 두 번째 줄의 3번 밑에는 21번, 이를 읽어 보면 둘 다 예체능 카드기 때문에 아주 예술적인 감각 있는 아이가 탄생할 거라고 해석할 수 있었다. 6번은 '아이들'이고 12번은 '임신'이라는 매뉴얼이 있으므로, 세 번째 세로줄은 '그녀에게는 분명 임신 운이 있을 것이다'로 확정적으로 해석할 수 있었다.

해석할 때 가로로 읽는 것은 기본이고, 세로로 보는 것은 2차원, 전체적인 카드를 보는 것은 3차원이라 할 수 있다. 만약 세로로 봐서 해석이 안되고 연상이 안된다면, 굳이 말을 만들 필요는 없다. 보이는 데까지만 설명해 주면 된다.

내가 암장 카드를 뚫어지게 보며 해석하는 동안 그녀는 아마 초조했을 것이다. 지체하지 않고 얼른 설명을 시작했다.

" 답 카드를 열어 보니까 예쁜 그림이 두 장이나 나왔어요. P님께서 먼저 뽑은 세 장의 카드 느낌도 부정적이진 않았기 때문에, 이 답 카드가 말해 주는 대로 미래를 긍정적으로 생각해도 될 것 같아요. 여기서 똑같은 두 카드의 의미는 '여왕'이에요. 운도 좋아지는 것이고, 또 예쁜 딸이 여왕처럼 세상 밖으로 나올 준비가 되어 있는 것으로 볼 수도 있습니다. 카드에서 보이는 것은 앞으로 자녀분이 두 명 이상 있을 것 같네요. 아이들이 친구처럼 놀고 있거든요. 그중에 예술성과 끼가 가득한 아이도 있을 겁니다.

여기까지 설명한 후 그녀에게 몇 가지 충고를 남겼다. 마르세유 카드에는 분명 날카로운 느낌도 있었기 때문이다.

" 그런데 유감이지만 칼이 보여서 P님은 유산을 항상 조심해야 할 것 같아요. 요새 임신 상담을 하다 보면 칼이 많이 나오더라고요. 생활 습관이나 환경이 워낙 옛날 같지 않아서 그런 것 같아요. 그래도 지금까지 펼쳐진 그림으로 해석하자면 긍정적으로 가고 있습니다.

답 카드에서 해석된 임신 시기에 대해서도 조심스럽게 말을 꺼냈다.

" 거의 임신이 되는 것으로 해석했기 때문에 시기도 말씀드려야 하는 의무가 있네요. 지금은 아직 겨울이죠. 늦여름이나 가을쯤 되면 덜컹 소식이 올지도 모르겠습니다. 조급해하지 마시고 몸 관리하시면서 천천히 준비하세요.

초조하게 듣던 그녀의 얼굴에 그림자가 사라졌다. 이런 상담의 경우 많이 긴장되는 것이 사실이지만, 카드에서 긍정적인 느낌이 나왔다면 굳이 감출 필요는 없다. 나는 예언을 하는 것이 아니라 다만 카드에서 보이는 대로 해석을 해 주는 것뿐이니 용기를 갖고 말해야 한다.

" 남편께서도 많이 좋아하시겠어요. 앞으로 반년 동안 무엇을 조심해야 하고, 또 어떤 변수가 있는지 보조 카드를 보고 조심스럽게 마무리를 지어 드리겠습니다.

이렇게 말하고 호로스코프 벨린 보조 카드를 열어 보았다. 그런데 이런 상황에서 첫 카드로 선물이 나온 것이다. 선물 카드를 단독으로 해석하자면, 아주 좋은 상황을 만들어 주는 카드라고 본다. 그녀가 10년 동안 그렇게 바라던 아이라는 선물을 받게 된다는 뜻으로 해석할 수 있다.

" 선물이 나왔어요. 이 그림은 하늘에서 선물을 받는다는 것으로 받아들이면 됩니다. 계속 안정적으로 흘러가니깐 너무 좋습니다. 세로로 해석을 깊게 해 보면요, 임신하셨을 때 조심하라고 자꾸 주의사항이 나오고 있어요. 본인에게 그런 기운이 있으니까 주의하라고 암시해 주는 것 같아요.

다음의 룰루랄라 카드는 다시 운을 불러다 주는 역할을 하고 있었다. 밝고, 감각 있고, 끼가 많은 아이가 하늘에서 내려와 그녀를 즐겁게 해 주는 모습이 그려졌다. 생각만으로도 행복했다. 카드 이름처럼 룰루랄라 할 것이 눈에 선했다.

" 정말 깜찍하고 엄마를 닮은 딸아이가 준비하고 있나 봐요. 그런 아이를 임신해서 룰루랄라 즐겁고, 또 잘 자라서 엄마를 행복하게 만들어 줄 거라는 카드가 나왔습니다.

덩달아 세 번째 보조 카드에서 비둘기가 소식을 전달해 준다고 하는 것이었다. 이제 분명히 확신할 수 있었다. 그녀는 임신이 될 것이다. 10년 동안 힘들었던 임신이 이렇게 바로 된다는 것이 나 또한 믿기지 않았다. 이런 것이 그녀와 나의 인연이고, 그녀가 이제야 그 운을 나에게 와서 확인하는 것이 아닐까 하는 생각이 들었다.

“비둘기가 행운을 갖다 주듯이 지금이 본인에게 최고의 대운인 것으로 보입니다. 10년을 기다린 보람이 있네요. 그 누구보다 자랑스러운 아이가 나와서 우리를 기쁘게 해 주고 행복하게 만들어 줄 것 같습니다.

내 입장에서는 이런 소식을 전해 준다는 것이 커다란 행운으로 느껴졌다. 누군가에게 행복한 소식을 미리 귀띔해 주는 것만큼 뿌듯할 때가 있을까. 오히려 그녀가 나에게 좋은 기운을 주고 가는 것 같아 고마웠다.
상담이 끝나기도 전에 그녀의 똑 부러지고 곧은 모습은 어디로 사라지고, 마치 선물을 기다리는 어린아이처럼 설레는 표정이 되어 있었다.

“그동안 착한 일만 하셨나 봐요. 그러니까 이런 행운이 들어오죠. 축하드려요. 올해 꼭 임신이 될 것 같습니다. 희망고문이 아니라 정말 희망과 축복을 전달하게 돼서 제가 더 기쁘고 흥분되네요. 예쁜 아이 순산하셔서 꼭 같이 놀러 오세요.

분명한 희망을 전달하고 있을 때, 그녀의 눈에서는 닭똥 같은 눈물이 흘러

내렸다. 아, 그 눈물은 누구도 흉내 낼 수 없는 자신만이 느낄 수 있는 눈물일 것이다. 지금까지 기다린 시간에 대한 보상의 눈물이다.

그냥 말없이 미소를 지으며 그녀가 진정할 수 있도록 잠깐 기다려 주었다. 그녀는 흥분을 가라앉히고 겨우 입술을 움직이기 시작했다. 진심으로 듣고 싶은 말이었고, 만약 잘 안되더라도 이 시간만큼은 인생에서 최고의 명장면으로 저장해 놓고 싶다고……. 그리고 다시 손수건으로 흐르는 눈물을 훔쳤다.

"그동안 두 번이나 유산을 해서 심적으로 너무 불안하고 임신 준비도 뜻대로 잘 안되더라고요……. 그래서 저한테는 이제 2세 운은 없는 걸로 단념하기도 했어요. 그렇지만 지푸라기라도 잡는 심정으로 찾아왔고, 긍정적인 이야기를 듣고 잠깐이라도 내 아이를 상상하면서 행복을 그리고 싶었어요."

무슨 이야기라도 듣고 싶은 그 절박한 마음이 이해가 되었다. 나의 고개는 자연스럽게 반응하면서 그녀의 말에 계속 귀를 기울이게 되었다.

남편뿐 아니라 모든 가족들이 2세를 기다리는데 잘 안되자 그녀는 중압감이 심했던 모양이었다. 어느새 우울증이 찾아와 일상생활도 너무 힘들었다고 한다. 일을 하는 사람이라서 겉모습은 항상 단정하게 하고 다녔지만 마음은 말할 수 없을 정도로 황폐했다는 것이다.

"정말 임신이 된다면 저는 더 이상 바랄 것이 없어요. 그러면 하늘에서 복을 주시는 것이라고 생각하고 그 복을 다른 사람들한테 나눠 주면서 행복하게 살고 싶어요."

원하는 것이 뜻대로 이루어지지 않을 때 우리는 스스로 초라해지는 것을 느낀다. 자신이 가지고 있는 것에 만족하고 행복을 찾으라 하지만, 평범한 우리에게 그것은 말처럼 쉽지 않다. 게다가 엄마가 되고 싶은 순수한 바람이 이루어지지 않을 때 마음의 상처가 얼마나 컸을지 충분히 짐작이 되었다. 아이가 생긴다면 그 행복을 많은 사람들에게 나누어 주면서 살고 싶다는 그녀의 마음이 예쁘게 느껴졌다.

> "이런 행운의 소식을 전달하게 해 주신 P님께 제가 감사하다고 말씀드리고 싶습니다. 행운을 빌어 드리겠습니다. 조심히 들어가세요.

이번 상담은 나에게도 심적인 부담이 컸지만, 할 일을 다했다는 기분으로 마무리할 수 있었다. 마음속으로 그녀를 위해 기도를 하며 하루를 마감했다. 10개월 후, 여느 때와 다름없는 일과로 바쁘게 움직이던 중 문자 한 통을 받았다. 메시지에 찍힌 이름이 '임신 상담 P님'라고 온 것이다. 그동안 바쁜 일상으로 까마득히 잊고 있었던 그녀가 생각나면서 살짝 긴장되었다. 천천히 메시지를 확인했다. '저한테도 이런 기적이 일어났네요.' 좋은 기운이 가득했던 그녀는 선물을 받았다고 감사 인사를 전해왔다. 나는 오히려 이렇게 기쁜 소식 들려줘서 고맙다는 인사를 건넸다.

Episode 19

/

한 번 정도는 칼을 대는 운명

20

2

5

7

16

9

에페

칼

호기심

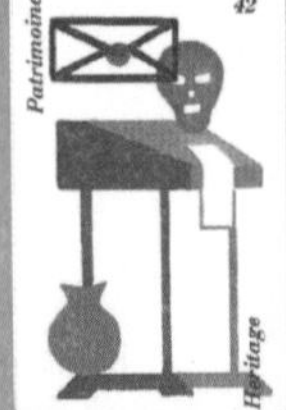

조상 복

연세가 있는 사람들은 질문이 거의 정해져 있다. 건강 아니면 자식 문제다. 어린 사람들처럼 삶을 계획하기보다는 자신의 건강과 자식의 안녕이 우선이 된다. 자신의 건강도 나의 만족보다는 나의 존재가 자식에게 짐이 되길 원치 않아 물어 보는 경우가 많은 편이다. 나보다는 타인을 먼저 보는 시간이 되는 거 같다. 우선순위에 밀려 자신을 돌보지 못하고 사는 사람들이 꽤 된다.

기업에서 가족 대상 축제 한 부스에서 상담을 진행했다. 이런 이벤트에서는 주변이 좀 어수선하기 때문에 깊게 들어가는 것은 피하고, 축제답게 가볍고 재밌게 상담해 드리려고 노력한다. 상담 내용의 기본 틀은 잡아 주지만 상담 시간은 길게 잡지 않고, 내용도 너무 깊게 파고들지 않는 것을 원칙으로 한다.

" 무엇이 궁금하세요? 타로 카드는 뚜렷한 질문을 주셔야 합니다. 무엇을 알고 싶으신지, 한 가지 주제를 정해 말씀해 주시겠어요?

“ 제가 나이가 있으니까요, 앞으로 건강하게 오래 사는지, 무슨 병을 조심해야 하는지 알고 싶어요.

아직 활기차게 생활할 나이로 보이는 그녀이기에 가벼운 마음으로 상담을 시작했다. 타로 카드에 익숙하지 않을 것 같아 카드를 보는 과정을 더 친절하게 설명했다. 어설픈 손짓으로 설명에 따라 천천히 카드를 뽑아 하나씩 건네주었다.

첫 번째 마르세유 카드를 열어 보니 역시나 16번 카드였다. 16번 카드는 어르신들의 건강 운을 볼 때 자주 나오는 단골 카드다. 16번 카드의 건강 매뉴얼은 '관절을 조심하라'는 뜻이다. 그래서 어르신들이 이 카드를 뽑는 경우가 아주 많다.

“ 보통 연세 있으신 분들은 대부분 한 군데 정도 건강에 문제가 있더라고요. 그래서 그런지 정상적으로 건강한 사람들이 뽑는 카드가 아니고 어딘가에 문제가 있는 분들이 자주 뽑는 카드가 나왔네요. 굳이 말씀드리자면 전체적인 관절을 조심해야 한다는 뜻입니다.

두 번째 카드를 열어 보았다. 두 번째 카드에서도 연세 있는 사람들이 자주 뽑는 노화 카드가 나왔다. 그 나이에는 당연히 체력이 달릴 수 밖에 없어서 기력 회복에 초점을 맞추라고 설명해 드렸다.

“ 보니까, 체력이 많이 떨어지고 있는 것 같고, 당연한 것이겠지만 노화가 진행되고 있어서 음식 조절과 운동은 꾸준히 하셔야 할 것 같습니다.

9번 카드도 어르신들에게 나오는 대표적인 카드여서 가볍게 말씀드리고 세 번째 카드를 보기 시작했다. 하지만 선택된 세 번째 카드에서 에페 카드가 나온 것이다. 에페 카드를 보는 순간, 답을 빨리 열어야 되겠다는 생각이 머리를 스쳤다. 왜냐하면 답에서 안 좋게 나오면 이 에페 카드는 안 좋은 쪽으로 가는 것이고, 답에서 괜찮다고 하면 큰 문제는 없는 것으로 해석해야 하기 때문이다. 현재 상황에서는 자연스럽게 설명을 하고 넘어가야 한다.

"건강을 상담해 줄 때 연세 있으신 분들한테 항상 나오는 보편적인 그림들이 지금 나오고 있어요. 좀 아쉬운 점은 젊었을 때부터 체력 관리를 철저하게 하셨다면 이런 그림들이 나오지는 않았을 텐데, 지금부터라도 꼭 정기적으로 관리하시고 운동과 검사가 필요할 것 같고요, 현재 전체적인 나의 건강은 예민하다고 하니깐 건강이 깔끔하게 유지되는 느낌은 아닌 것 같네요. 현재 어머니의 건강을 다시 정리해 드리자면 일단은 관절을 조심했으면 좋겠고요, 체력 관리는 기본입니다. 아직 확실한 답은 아니기 때문에 좀 더 카드를 열어 보고 앞으로 어떤 것을 중점적으로 관리하고 조심해야 되는지 설명해 드릴게요. 잠시만 기다려 주세요.

암장을 볼 때 기본 법칙을 먼저 생각한다면 해석이 수월하게 진행된다. 기본 법칙이란 복수 카드가 어떤 것이 나왔는지, 궁합이 맞는 카드가 나왔는지, 나왔다면 방향이 잘 맞는지를 우선으로 봐야 한다는 것이다.
지금 이 암장에서 적용되는 법칙은 서로 잘 맞는 궁합 카드가 나왔다. 그러나 문제는 서로 등을 보이고 있다는 것이다. 2번과 5번 카드가 서로 등을 보이고 있어서 건강은 일단 정상이 아닌 것으로 느껴졌다. 등을 지고 있는 와중에 7번 카드 밑에 에페 카드가 있다는 것은 어떤 병이 진행돼서 예민하므로 병원에 가서 빨리 체크를 받아 보라는 의미도 된다. 거기다가 선택된 카드인 16번 카드를 다시 보니 건강은 무너지고 있다는 뜻이었다. 만약 지금 병원을 가지 않았다면 심각한 문제가 될 수도 있었다.

이런 의문점을 가지고 이제는 어떤 병을 체크하고 조심해야 하는지 읽어 보았다. 그러자 호흡기 쪽이 눈에 들어왔다. 호흡기는 기관지와 폐까지 봐야 한다. 2번 카드와 5번 카드가 등을 지고 있어서 이는 더 부각되어 보였다. 5번 카드의 건강 매뉴얼은 '편도선', '호흡기', '폐'이므로 가볍게는 기관지, 심하게는 폐가 안 좋은 사람들한테 많이 나오는 카드다. 5번 카드에는 '가르치는 사람, 지시하는 사람'의 뜻도 있어 이것을 기관지 쪽 건강으로 연결해서 본다. 2번 카드의 건강 매뉴얼은 '눈'이지만, 2번 카드도 역시 가르치는 사람을 뜻하기 때문에 여기서는 눈보다 5번 카드와 묶어서 호흡기 쪽으로 볼 수 있다.

암장 카드에서 해석을 안 한 20번 카드의 의미는, 주의를 한다면 건강에 빛이 열린다는 뜻으로 받아들이면 될 것이다. 한 가지 더 느낀 점은 16번, 5번, 7번 카드 때문에 한 가지 병만 있는 것이 아니고 두 가지 이상의 질병으로 고생할 수 있다는 것이었다.

"암장 카드를 보니까 '어머님의 건강은 괜찮습니다.'라는 말보다, '일단 체크를 받으세요.'라고 나오네요. 건강한 사람 같진 않습니다. 약간 불안한 모습들이 그림의 배열에서 보이고 있고요, 평범한 것 같진 않아요. 그중에서도 기관지나 호흡기 쪽을 먼저 검진 받으면 좋겠고요, 호흡기하고 연결된 곳이 폐이기 때문에 폐 쪽도 체크를 하시는 것이 도움이 될 것 같습니다. 아까 현재 모습에서도 기력이 많이 처진 상태인 것으로 나왔는데, 건강에 신경을 안 쓴다면 다른 병들도 들어와 신경 쓰이실 것 같아요. 정리하자면 현재 상황에서는 체력 관리하시면서 관절을 체크하라고 나왔고요. 미래적인 것을 열어 보니까 호흡기까지 안 좋은 모습으로 나왔어요. 앞으로도 한 가지 정도 더 문제가 있을 수 있다고 하니까 정기적으로 확인하면 좋겠습니다. 이렇게 나온 것들을 지키고 실천하신다면 건강을 오래 유지하면서 삶을 즐기실 것 같네요.

그녀는 열심히 들으며 중간 중간에 한 번씩 한숨을 쉬거나 씁쓸한 웃음을 지었다. 나는 카드를 보느라 그녀의 얼굴을 깊이 살피지는 못했지만 그런 반응은 충분히 느끼고 있었다.
암장 카드에 대한 설명을 마칠 때 내 손은 이미 첫 번째 보조 카드 위에 올려져 있었다. 어떤 카드가 나올지 걱정스러운 마음이 앞섰다. 마르세유 카드에서 그녀의 건강이 '정상은 아니다', '계속 체크해야 된다'고 나온 것이 자꾸 걸렸다.
호로스코프 벨린 카드 첫 장도 칼 카드가 나온 것이다. 마르세유 카드에서 에페 카드가 나왔고 여기서 칼 카드가 나왔다는 것은 그녀의 건강에 대해서 좀 더 깊이 생각해 봐야 할 상황이라는 뜻이다. 건강에서 칼은 '수술'을 의미할 수도 있기 때문에 조심스럽게 봐야 한다.

"어머니도 아시다시피 사람이 평생 살면서 수술을 한 번도 안 하는 사람도 있고, 수술대를 몇 번이나 올라가는 사람도 있잖아요. 어머니께서는 한 번 정도는 칼을 댈 수 있는 운명이라고 보이네요. 보조 카드에서도 칼이라는 카드가 나와서 이렇게 느껴집니다. 몸에 칼을 대는 것이 좋은 일은 아니지만 그것을 함으로써 건강을 되찾을 수 있다고 생각하면 삶은 더 윤택해질 수 있으니까요.

두 번째로 나온 호기심 카드의 매뉴얼은 말 그대로 어떤 일이든 호기심을 갖는다는 뜻이다. 여기서는 개인적으로 어떤 일에 호기심을 느낀다고 해석하기보다는 '전반적으로 심리 상태가 불안하다'라는 뜻으로 해석해야 리듬이 맞을 것이다. 호기심 카드도 안정된 느낌은 아니기 때문이다. 즉 당신의 건강에 대해서 불안해하고 있는 마음이 반영된 것이다.

“ 어머니, 심리적으로 계속 불안한 모습이 카드에 보이고 있는데요, 안 좋은 건강이 많이 신경 쓰이나 봐요. 너무 불안해하지 마시고, 종교를 갖고 계신지 모르겠지만 매일 기도와 운동을 한번 해 보세요. 어머니께서는 우선 심리적으로 안정을 되찾는 것이 필요할 것 같네요.

세 번째로 나온 카드는 긍정적으로 해석되었다. 그녀의 바람일 수도 있지만, 조상 복 카드는 하늘에서 그녀를 도와준다는 의미로 볼 수 있었기 때문이다. 지금까지 건강이 안 좋았으면 앞으로는 더 나빠지지 않게 복을 주는 느낌이었다. 이 카드가 나와서 다행이었다.

“ 다행인 것은 나쁜 상황들은 다 지나간 것 같아요. 그림에서 의미하는 것처럼 하늘에서 어머니를 도와준다고 합니다. 얼굴에서도 풍기듯이 덕이 있으신가 봐요. 더 이상 건강에 아주 큰 이상이 올 것 같진 않아요. 사람은 누구나 나이가 들면 들수록 고장이 나기 마련이잖아요. 어머니의 건강도 이상은 있어 보이지만 더 이상 나빠지진 않는다고 나오니까 정말 다행이에요. 이런 이벤트에서는 가볍게 포커스만 얘기해 주는데 왠지 어머니께는 전부 얘기가 나오네요. 이런 것도 어머니하고 저하고 궁합이 맞아서 그런 것 같고 또 어머니께서 덕을 많이 쌓아서 그런 것 같아요.

"어머나, 아들 회사 이벤트에 온 건데, 오길 잘했네요. 어제까지도 몸이 안 좋아서 올까 말까 고민했는데, 집에만 있으면 더 아플 것 같아서 바람이라도 셀 겸 온 거예요."
그러면서 참 좋은 경험을 했다며 계속 고맙다고 인사를 건넸다. 2년 전에 큰 수술을 했는데 지금은 큰 문제가 없다는 말도 덧붙였다. 그 후로는 체력이 예전 같지 않고 기분도 많이 다운된다는 것이었다. 다시 수술할 일이 생기지 않을까 하는 걱정에 자꾸 우울한 마음이 든다고 했다.
"그래도 선생님 말을 들으니 좀 안심이 되네요. 아까 말씀하셨던 관절이요, 허리하고 무릎은 고질병이에요. 아플 때마다 병원에 가서 치료를 한다고 하는데……. 지금 걱정이 되는 건 관절하고 기관지인데요, 어떻게 그렇게 조근조근 설명을 잘해 주세요?"

> " 열심히 공부하면 누구나 다 읽을 수 있어요. 지금까지 득이 되는 얘기만 해 드렸으니까 잘 정리하셔서 꼭 체크하시고 실천하셔야 돼요. 그러면 앞으로의 건강은 이상 무일 것 같아요. 아드님하고도 건강에 대해서 잘 상의하셔서 행복한 나날을 보내셔야 됩니다. 어머니를 위해서 기도 드릴게요. 오늘 와 주셔서 감사합니다.

건강 상담을 할 때 선택된 마르세유 카드에서 처음부터 어디가 안 좋다고 지적하는 것보다 현재의 전체적인 건강 상태를 얘기해 주는 것이 옳은 방법이다. 처음부터 건강 부위를 지적한다면 나중에 암장까지 펼쳤을 때는 종합병이 될 수 있기에 주의해야 한다.
이벤트에서 길게 상담 시간을 가진 어머니의 복이었고, 그 복을 전달하는 입장에서도 좋은 일을 한 것처럼 산뜻한 기분이 들어 좋았다. 상담을 하고 나서 항상 느끼는 것은 한 사람 한 사람 정말 최선을 다해야 한다는 것이다.

Episode 20

/

병원에서 다시 검사를 받으래요

4

10

14

컵

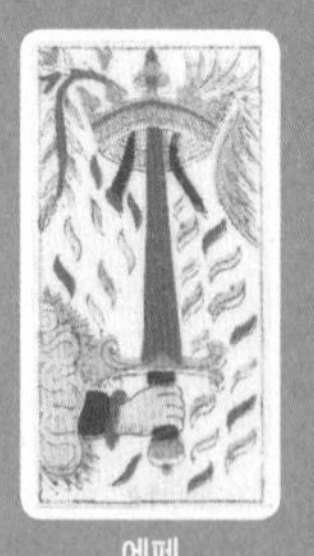
에페

꽃

새알

데스

뚜르르르.

전화벨이 울렸다. 여느 때처럼 상담 시간을 조율하며, 한 손으로는 펜을 꺼내 스케줄러에 약속 시간을 적어 넣었다. 몇 군데 나가는 강의와 종종 잡히는 이벤트로 눈코 뜰 새 없이 바빠진 요즘이지만, 일대일 상담을 무엇보다 우선시한다. 그것은 나의 가장 중요한 일과이자 내 일의 처음과 끝이기 때문이다. 타로 카운슬러는 사람들과의 직접 대면만이 유일한 스승이며 자극제가 된다. 그들이야말로 나를 카운슬러로 깨어 있게 하는 존재다.

상담이 정해진 날, 시간에 맞춰 상담 준비를 마치고 기다리고 있었다. 약속 시간보다 늦어지면 조금 전 상담에 대해 잠깐 상념에 젖기도 하는데, 그러다가도 노크 소리가 들려오면 나도 모르게 허리를 꼿꼿하게 세우게 된다. 이 일을 오래 해 왔지만 새로운 만남은 언제나 나에게 긴장감을 안겨 준다.

문을 열고 들어오는 중년 남자의 얼굴에는 근심이 가득했다. 예약할 때 전화로는 평범하게 느껴졌는데 막상 만나 보니 매우 어두워 보였고 얼굴빛도 썩 좋아 보이지 않았다. 나는 관상과 느낌을 보는 사람은 아니기 때문에 어떤 고민이 있어 이리도 어두운 얼굴인지 빨리 질문을 듣고 싶어졌다. 보통 중년 남자의 질문은 여자들보다는 한정되어 있다. 예를 들면 여자는 애정부터 시작해 자녀 교육, 남편 사업, 이사 문제 등 여러 가지 질문을 하는데 남자들은 일적인 부분과 건강에 관한 질문이 대부분이다. 아니나 다를까 그는 본인의 건강 때문에 급히 왔다고 했다.

> 며칠 전에 건강검진을 받았는데 생각하지도 않았던 결과를 들었습니다. 그래서 재검진 하기 전에 전체적으로 어떤 건강을 주의해야 되는지 알고 싶어서 찾아왔습니다.

어떤 질병인지는 물어보지 않고 상담을 시작했다.

> 그럼 걱정하시는 부분이 더 악화되는지 어떤지, 어느 부분을 조심해야 하는지를 보도록 하겠습니다.

그가 직접 뽑은 메인 카드를 전체적으로 보면, 우선 첫 번째 14번 카드에서는 어떤 병이라는 것은 모르겠지만 질병이 있었다면 계속 그 병을 안고 온 것으로 보였고, 그 다음 컵 카드의 뜻은 그 병으로 인해 그동안 고생을 많이 했다는 것이었다. 그는 정신적으로 육체적으로 많이 힘들어하는 상태인 듯했다. 마지막 에페 카드는 전반적인 지금의 상황을 말해 주는 것으로 봐야 할 것이다. 즉 건강 문제 때문에 날카로워진 상태라는 것이다.
현재 이 세 장의 카드를 보고 어떤 병인지, 결과가 어떻게 될 것인지는 모른다. 지금 현재 상황에서는 그의 심리 상태가 어떤지만 파악해도 충분한 상담이 될 것이다. 중요한 것은 답 카드, 즉 암장 카드를 열고 전반적인 상황과 병명을 읽어야 한다.

“이 세 장의 카드는 아직 답은 아니고 현재 상황입니다. 지금부터 카드를 보면서 설명해 드리겠습니다. 이 첫 카드를 보면, 지금 걱정하는 건강 문제는 하루아침에 좋아진다는 것보다 꾸준히 관리하고 치료해야 한다고 나오고 있고요. 급성이 아니고 과거에도 문젯거리가 된 것처럼 보이고 있습니다. 만약에 신경 안 쓰시고 방치한다면 한 번 정도는 병원 신세를 져야 할 것 같기도 합니다.

두 번째 컵 카드를 열어 본 후에는 이런 해석이 분명해졌다.

“보통 사람들에 비해 정상은 아니라고 또 나오고 있어요. 그 기능은 벌써 노화된 것 같고 정신적으로도 점점 깨지는 느낌입니다. M님께서 치료하려고 조치를 취한 것이 다행이라고 생각되네요. 안 그랬으면 계속 건강은 건강대로 정신적인 문제는 정신적인 문제대로 악화되었을 텐데, 검진 받은 것은 좋은 일이라고 생각합니다.

에페 카드에 대해서는 일단 다시 검진을 예약해 놓은 상태이기 때문에 그런 현 상황으로 해석했다.

“지금 상황을 봐서는 건강에 문제가 생겨서 그냥 방치하면 분명히 병원하고 친해질 상황으로 나오고 있습니다. 그래도 검진받고 오셔서 한시름 놨습니다. 병원 가는 걸 겁내거나 미루지 마시고 적극적으로 해결해야 한다고 나오네요. 질문처럼 더 나빠지고 심각해지는지는 답을 열고 말씀드리겠습니다.

답 카드에서는 4번과 10번 카드가 나왔다. 다른 질문에서도 그렇지만 건강 질문에서는 답 카드를 열고 나서 꼭 어떤 병적인 문제가 있는지, 어떤 부위를 조심해야 되는지를 정리해야지만 상담이 매끄럽게 진행된다.
그에게 주의해야 할 건강 문제는 무엇일까? 우선 4번 카드의 건강 매뉴얼은 '간'이다. 세로줄 밑의 선택된 14번 카드와 연결해서 보자면, 그전부터 간에 이상이 있어 계속 치료나 검진을 받아 온 것 같은 느낌이 들었다.
옆에 있는 10번 카드를 연결해서 보자면 혈액에 이상이 있을 것 같았다. 10번 카드가 있다고 해서 모두 혈액에 이상이 있는 것은 아니지만 아래의 컵 카드에도 물이 있고 10번 카드도 물이 있는 것으로 봐서, 우리 몸의 혈액으로 해석되었다. 혈액의 문제는 여러 가지가 있겠지만 콜레스테롤 수치와 혈당 문제가 우선으로 보였다.
정리를 하고 다음으로 넘어가려고 하는데 아뿔싸, 암장을 틀리게 놓은 것이다. 4번, 10번 카드를 놔서는 안되고 10번, 4번, 5번 카드 순으로 놨어야 했다. 8년을 상담하는 동안 암장을 틀리게 놓은 적은 거의 없었다. 왜 이런 실수를 하게 됐을까?
기본적으로 암장을 틀리게 놔서는 절대 안된다. 암장에서는 답을 유출하고 상담을 심도 있게 진행해야 하므로 엉뚱하게 놓고서 상담을 한다면 완전히 반대의 이야기가 나올 수도 있기 때문에 항상 주의하고 집중해야 한다. 그런데 초창기에도 하지 않던 이런 실수를 한 것이다.
이상한 것은 이렇게 틀리게 놓고 상담을 했는데도 그의 반응이 부정적이지 않았다는 것이다. 그럼 여기서 생각할 점은, 암장이 답 역할을 80~90퍼센트 하지만, 이 순간만큼은 하늘에서 도와 준 것이 아닐까? 정직하게 말하기보다 살짝 비켜 가서 이야기하라고 알려 준 것 같았다.

" 먼저 말씀드리고 싶은 것은 간 쪽에 이상이 있다고 나옵니다. 그 문제가 제일 큰 것 같고요. 그쪽으로 계속 검진과 체크가 필요할 것 같습니다. 두 번째는 혈액의 문제라고 나오네요. 피 속에 노폐물이 끼면 뭐든 안 좋듯 그것도 운동과 음식을 조절하면서 깨끗하게 만드는 것이 숙제인 것 같네요. 다른 쪽으로는 크게 이상한 점이 발견되지 않았고요. 이 두 가지 정도를 계속 신경 쓰시면 좋겠습니다. 만약에 검진을 했는데 아무 이상이 없게 나오더라도 앞으로 M님의 건강을 위해서 이 부분은 꾸준하게 확인하면서 건강을 지켜가시면 좋겠습니다.

호로스코프 벨린 카드에서는 첫 번째로 꽃 카드가 나왔다. 이것을 세로로 연결해서 해석하자면 간 쪽이 좋아지려면 시간은 좀 걸리지만 그래도 행복하게 웃을 수 있다는 뜻이다. 설사 술이 아니더라도 피로가 겹쳐서 간에 독이 쌓일 수 있기 때문에 조급하게 생각하지 말고 시간을 두면서 서서히 신경 쓰면 좋은 결과가 나올 것 같았다.

" 꽃이라는 밝은 모습이 비춰 주고 있네요. 이렇게 개화가 되려면 좀 걸리겠지만, 건강에서 밝은 카드가 나왔다라는 것은 일단 좋은 일입니다. 앞으로 건강운이 나쁘게 흘러가지는 않는다는 거거든요. 물론 누구에게도 완벽한 건강은 없듯이 M님도 약간 고질적인 병은 있겠죠. 정도가 나쁘게 된다면 그림에서도 어둡게 나왔을 텐데 밝아서 우선은 다행입니다. 계속 관리만 해 주신다면 앞으로의 건강은 잔잔하게 잘 이어져 갈 것 같습니다.

전체 흐름을 보면서 새알 카드를 해석하면, 이것도 깨지는 카드가 아니기 때문에 앞으로는 천천히 안정이 된다는 뜻이다. 그러나 새알 카드 위에 컵 카드가 있기 때문에 바로 좋아지지는 않을 것이다. 아마 보통의 경우보다

오랜 시간이 걸릴 것이다.

> 누구한테나 살짝 신경 쓸 만한 병은 있을 거예요. 그 정도이지 더 이상의 문제는 아닐 것 같습니다. 제가 좀 전에 어디 어디 조심하라고 말씀드린 것 기억하시죠? 혹시 그중에서 검진 결과나 병명 나온 것이 있나요? 있다면 살짝 이상은 있어 보이는데 전체적인 건강 운을 봐서는 시간이 좀 걸릴 뿐 완전히 깨지는 것으로 나오지는 않습니다.

건강에 큰 문제 없이 관리만 잘하면 앞으로 잘 지낼 수 있다고 이야기했는데, 갑자기 데스 카드가 나와서 순간 당황스럽기도 했다. 여기서 데스 카드의 의미는 과연 무엇을 뜻하는지 생각하게 만들었다. 분명 '정상은 아니다'라는 것을 말해 주는 것 같았고, 에페 카드 밑에 데스 카드가 있어서 좀 심각하게 느껴지기도 했다. 하지만 암장 카드에서 안정된 카드가 받쳐 주고 있기 때문에 관리를 필요로 한다는 정도로 받아들여도 될 것 같았다.

> 갑자기 마지막에 질병을 조심하라고 나왔기 때문에 이번 검진은 꼭 받으셔야 할 것 같네요. 계속 체크 잘해 주시고 여기 꽃처럼 밝게 지내시면 될 것 같습니다.

"그렇죠? 큰 문제가 있는 것은 아니죠? 제가 건강검진을 받다가 심각한 얘기를 들었거든요. 술을 많이 마시는 것도 아닌데 간수치는 항상 높게 나와서 그 부분은 늘 신경을 쓰고 있었어요. 그런데 이번에 당수치가 너무 높게 나와서 그게 걱정입니다. 의사 선생님이 심각하게 얘기해서 다시 검진을 받기로 했는데 영 마음이 놓이질 않아서……. 간은 집안 병력이 있어서 어릴 때부터 조심하고 나름대로 관리도 하고 있었는데, 당뇨에 대해서는 꿈에도 생각해 본 적이 없어서 너무 당황스러웠습니다. 카드에서도 간과 혈당 이야기가 나와서 신기하더군요."

우선 그의 건강 중에서는 간 체크가 영순위라고 생각했다. 물론 혈액에 대해 언급은 했지만 당뇨까지 진행될 것 같진 않았다. 당뇨에 대해서는 물론 검사를 하면 다시 결과는 나오겠지만, 당장 그가 궁금해하는 것에 대해 답변을 해주기 위해서는 지금 건강에 대해서 펼쳐진 카드를 정리했다.

'당뇨가 정말 심각해질까요?'라는 질문으로 다시 카드를 뽑게 했다.

> 처음 질문인 건강 카드를 봐도 당뇨에 대해서는 크게 나오지 않았고, 당뇨를 놓고 집중적으로 카드를 열어 봤는데도 큰 이상은 없다고 나왔습니다. 당뇨는 순간 수치가 올라갔거나 근래에 음식 조절을 못해서 온 것일 수도 있겠어요. 너무 심각하게 생각하지는 마세요.

상담을 마무리하면서 나중에 다시 와주면 좋겠다고 부탁했다.

그렇게 상담실을 떠났던 그는 병원에 다녀온 며칠 후 다시 나를 찾아왔다. 당뇨는 순간 수치가 올라가서 의사가 걱정을 했던 것이라고 했다. 내가 듣고 싶던 결과를 듣게 되면 뿌듯했다. 암장을 순간 틀리게 놓은 것도 결코 우연은 아니라는 생각이 든다.

타로는 순간의 예술인 것 같다. 사람들이 어떤 카드를 뽑을 것인가, 카드를 어떻게 해석할 것인가가 타로 상담을 결정짓기 때문에 순간순간에 집중해야 한다. 그래서 타로 카운슬러는 그 사람을 믿고 자기 자신을 믿어야 한다. 두 사람의 기가 원활하게 흘러야 질 좋은 상담이 가능해진다. 그에게 감사한 마음이 들고, 카운슬러로서 자부심이 들어 나도 모르게 미소가 지어졌다.

Episode 21

/

자신과의 싸움

10

7

3

바통

높은 산

여자 생각

예쁜 집

상담실 문을 열고 들어오는 그녀의 모습은 어딘가 모르게 날카로워 보였다. 얼굴빛이 창백하고 깡 마른 몸이 더 그렇게 보였다. 때때로 오는 사람도 많이 있지만, 그녀는 처음 보는 것 같아 차근차근 상담 방식을 설명했더니 조용히 고개만 끄덕끄덕했다.
잠깐 생각하는 듯하더니 어렵게 말을 고르며 질문 내용을 정리했다.

“지금 제가 병원을 다니고 있는데…… 그만 다닐 수 있는지……. 다녀야 된다면 언제까지 다녀야 되는지……. 이렇게 물어보면 될까요?

타로 상담에 객관성을 두기 위해서는 왜 병원을 다니는지, 얼마나 다녔는지 처음부터 물어봐서는 안된다. 그녀의 질문에 집중하여 카드가 보여 주는 상황을 그대로 설명해 주는 게 옳은 방법이다.
그녀는 카드를 고를 때도 많이 머뭇거렸다. 상담을 시작할 때, ‘질문을 생각하며 카드를 섞어 세 장을 뽑아 저에게 주세요’라고 똑같이 말해도 사람들은 모두 제각각이다. 대충 섞어 위에서부터 차례대로 뽑아 주는 이들도 있고, 그녀처럼 아주 정성들여 한참을 망설이다 뽑는 사람도 있다. 그런 분위기가 카드 해석에 영향을 주어서는 안되겠지만, 그 사람과 나와의 사이에 어떤 흐름을 만들어 내는 것 같기는 하다.

“ 지금 선택하신 이 세 장의 카드는 현재 상황이지 아직 답은 아닙니다. 지금 상황이 어떻게 흘러가고 있고, 어떤 심리 상태인지를 보고 나서 깊이 있는 답은 조금 있다가 설명해 드리겠습니다. 그럼 먼저 지금 상황부터 보겠습니다.

첫 번째는 7번 카드였다. 달리는 말을 연상하게 만드는 그림으로 멈추지는 않을 것이라는 뜻으로 보였다. 처음부터 그녀가 원하는 답하고는 반대로 움직이고 있었고, 한 가지로만 병원을 다니는 것이 아닌 복합성을 띄고 있는 것으로 느껴졌다.

“ 그림을 보면 알 수 있듯이 이것은 안정된 것이 아니고 움직이고 달린다는 뜻입니다. T님이 지금 병원을 다니고 계신다고 하셨는데 바로 멈출 것 같진 않고요, 당분간은 진행이 될 것 같습니다. 다음 카드를 열어 보겠습니다.

이어서 3번 카드가 나왔다. 3번 카드 자체로는 좋은 의미가 많은 카드인데, 질문에 연결하면 안정이 되고 싶은 현재 심정인 것이다.

“ 빨리 좋아져야 한다는 조급한 마음 대신 편하게 기다렸으면 좋겠습니다.

다음 카드를 여니 바통 카드가 나왔다. 바통 카드가 여기서는 그녀의 성격으로 읽히고 있었다. 3번 카드와 바통 카드를 봐서는 성격과 지금의 심리 상태에 공격적인 성향이 짙게 나타나는 것이다. 어떤 병인 줄은 모르겠지만 이런 심리 상태라면 가지고 있는 병이 쉽게 좋아지지는 않을 듯했다.

> “ 성급하게 기대하고 바란다면 오히려 화병이 생겨서 더 악화될 것 같습니다. 성격이 때때로 욱하고 거칠어질 때도 있어 보이는데 이런 성격을 조절해야 병을 치료하는 기간이 단축될 것 같네요.

몸이 아프면 사람이 예민해지긴 하지만, 그녀는 마음의 문제라고 나오는 것이 이상하게 느껴졌다.
그녀는 무슨 말을 할 듯 말 듯 잠깐 망설이다가 곧 다시 시선을 돌려 버렸다. 왜 이렇게 위축된 모습을 보이는 걸까. 나도 그녀의 눈을 정면으로 주시하지는 않은 채, 안심시키며 손으로는 재빨리 답 카드를 뽑아냈다.

> “ 여기까지는 현재 본인의 마음 상태를 보여 주는 것일 뿐이에요.

암장을 열었더니 10번 카드 한 장만 나왔다.
10번 카드는 돌고 돈다는 뜻도 있지만, 건강 쪽으로 깊이 들어가 보면 물이 많이 보이기 때문에 기운이 축축하게 처져 있는 느낌이고, 뽀득뽀득하게 좋은 상태는 아닌 것이다. 항상 축축하기 때문에 신경질적일 수 있고 ‘정신적으로 평온해 보이지 않는다’는 뜻으로 해석할 수 있다.
결국 선택된 카드와 암장 카드를 보고 느낀 것은, 그녀가 가지고 있는 육체의 병뿐만 아니라 마음의 병도 보여서 이 병을 조절해야지만 모든 상황이 좋아질 거라는 것이었다. 이 한 장의 암장은 반복되고 속도는 발전이 없다는 뜻이므로, 결국 병원은 다람쥐 쳇바퀴 돌듯 계속 다닐 것이다. 병원을 멀리하고 싶다면 그녀가 생활 방식을 바꾸고 환경을 변화시켜야 할 것 같았다. 즉 자기 자신하고의 싸움을 해야 될 것이다.

“답 카드를 열어 봤더니 이렇게 한 장만 나왔네요. 보통 답 카드가 한 장이 나올 경우 간결하게 함축돼서 말해 주더라고요. 그림에서 느껴지듯이 계속 돌고 돌기 때문에, 이번 질문의 답을 한마디로 정리하자면 ‘병원은 지금처럼 계속 다녀야 한다’라는 거예요. 물론 본인의 힘으로 막을 수도 있습니다. 그러고 싶다면 의지가 아주 강해야 한다고 생각합니다. 카드로 읽히고 있는 T님의 성향은 이성보다는 감성이 앞서고 있어요. 지금 멘탈 상태가 흐려져 있는 것으로 나타나고요, 이성적으로 컨트롤을 잘하지는 못하고 있는 것으로 보여요. 육체적인 병은 약물로 치료가 가능하지만 그보다 더 중요한 건 멘탈이라고 생각합니다. 그 부분에 초점을 두셔야 할 것 같습니다.

카드에서는 어느 때보다도 단순하게 답을 알려 주고 있었지만 그녀의 마음은 누구보다 복잡해 보였다. 하긴 자신과의 싸움이 가장 어려운 싸움일 것이다. 이미 자신과의 싸움에 지쳐 버린 듯 보이는 그녀의 어두운 눈빛이 내내 마음에 걸렸다.

“자, 앞에서 어느 정도 설명은 해 드렸지만 보충이 되는 상황이 나오는지를 좀 더 봐 드리겠습니다.

호로스코프 벨린 카드를 한 장씩 열어 보았다. 보조 카드의 전반적인 느낌은 여전히 이성적인 것보다 감성적으로 생각을 많이 하는 것 같았다.
우선 첫 번째 카드를 보니 그녀의 질문처럼 병원을 그만 다니고 싶은 마음이 굴뚝같이 표현되었다. 높은 산 카드와 위의 7번 카드를 세로로 본다면 빨리 그 틀에서 뛰쳐나와 내 뜻대로 하고 싶은 심정이 표현된 것이다.

> T님은 정말 병원에 다니고 싶지 않은가 봐요. 물론 병원을 가고 싶은 사람은 없겠지만, 몸이 빨리 회복돼서 그 틀에서 벗어나고 싶은 마음이 이 한 장의 카드에서 많이 표현되고 있네요.

여자 생각의 두 번째 카드에서는 그런 생각만 하다가 블랙홀에 빠질 것 같은 느낌이었다.

> 이번에는요, 그렇게 생각만 하다가 헤어 나오지 못하는 느낌입니다. 계속 필요없는 생각을 꼬리에 꼬리를 물고하다 보면 과대망상에 빠질 수도 있습니다. 제일 무서운 병은 제가 생각할 때 마음의 병인 것 같아요. 그런 것들을 방지하기 위해서는 가볍고, 환하게 생각하세요. 이런 현대인들이 걸릴 수 있는 병들을 조심해야 한다고 나옵니다.

마지막 예쁜 집 카드는 두 가지 뜻으로 볼 수 있는데, 하나는 내 뜻대로 가기 싫은 병원을 안 가고 집에서 편히 쉬고 싶은 마음이거나, 또 하나는 병원을 그만 다닐 수 있는지의 질문에 대한 답으로써 힘들다는 뜻으로 해석할 수 있다. 왜냐하면 이 건물 안에는 미로가 많아서 어려운 퍼즐 같기 때문에 쉽게 나올 수 있는 것이 아니기 때문이다. 위에서도 답은 나왔지만 여기 호로스코프 벨린 카드에서도 긍정적으로 풀이되는 것이 아니어서, 그녀에게는 실망스러운 결과를 안겨 줄 수밖에 없었다.
전체적인 상담의 마무리로 그녀에게 정말 필요한 말을 해 주고 싶었다. 그

것이 비록 그녀가 다 알고 있는 이야기일지라도, 카드의 힘에 기대 그녀의 삶에 조그마한 변화라도 생기기를 기대하면서 말이다.

“ 병원 안 가시고 집에서 편히 쉬고 싶겠지만, 건강한 생각과 환경을 만들지 않는다면 어려운 퍼즐을 풀어 가듯이 병원 다니는 문제는 쉽게 해결되지는 않는다고 해요. 제가 초점을 둔 것은 T님의 질문대로 ‘병원을 그만 다닐 수 있는지’였습니다. 결과를 보니, 제일 중요한 것은 ‘시간을 넉넉히 두고 치료를 해야 된다’라는 것이네요. 자기 자신을 못 믿고 또 생각이 너무 많아 정신적인 상태가 약해진 것이 제일 큰 문제인 것 같습니다. 계속 ‘정신적인 문제다’, ‘멘탈만 해결된다면 답은 나온다’라고 말해 주고 있거든요. 편하게 생각하시고, 이런 상황들을 영리하게 정리를 잘하신다면 원하는 대로 이뤄질 거예요.

그녀는 담담하게 입을 열었다.
“실은 정신과 치료를 받고 있어요. 그런데 너무 힘드네요. 이제 병원도 약도 그만두고 싶어요. 가끔은 극단적인 생각도 들고요. 공황장애, 과대망상, 불면증…… 이런 건데요, 정상적인 사회생활이 잘 안돼요. 도대체 어디서부터 잘못된 건지 나도 모르겠어요.”
정말 정신질환은 어느 병보다 힘든 병인 것 같다. 상처가 나면 빨간약을 바르면 되고, 체하면 소화제를 먹으면 되는데 정신적인 문제는 약이 문제가 아닌 것 같다. 지속적인 관심과 대화, 친구가 필요할 것이다. 이 순간만큼은 그녀와 친구가 되어 줘야겠다고 생각하고 타로 카드를 접고 이런저런 이야기를 하기 시작했다.

“ 철학적으로도 입증이 됐다고 하는데요, 타고난 사주에 물이 많은 사람들은 예능 기질이 있고 생각을 많이 한다고 해요. 그래서 신경질적으로도 변화되기 때문에, 이런 분들은 일부러라도 긍정적인 생각을 많이 하셔야 해요. T님도 그런 성향을 가지고 계신 것 같은데요? 요즘은 이런 게 T님만의 문제는 아니에요. 그러니까 조급하게 생각하지 마시고 편하게 일상생활을 즐겨 보세요.

"빨리 끊고 싶은 생각뿐이어서 오히려 그 생각 때문에 더 힘든 것 같긴 해요. 저도 알고는 있는데 조절하기가 너무 힘드네요. 병원에서도 비싼 돈 주며 상담을 받고 있는데, 제가 오죽했으면 선생님께 또 찾아왔겠어요?"
이제야 겨우 살짝 웃음을 비쳤다.

" 그래요, 그렇게 웃으시니까 보기 좋네요. 그렇게 하나씩 가볍게 만들어 가시면 돼요.

내가 할 수 있는 최선의 상담 방법은 대화다. 수많은 사람들의 상담을 통해 접하면서 가장 중요한 것은 진정한 대화라는 것을 알게 되었다. 어쩌면 그녀는 마음 놓고 대화를 나눌 상대가 없었던 것이 아닐까.
그녀가 다니는 병원도 중요하지만, 그녀는 추가적으로 본인이 노력해야 하는 것들의 방법을 잘 모르는 것 같았다. 그녀를 이해해 주고 이야기를 들어 주고 대화해 줄 수는 있는 친구가 지금은 최고의 처방인 것 같았다.
그녀는 한결 안정된 듯한 모습이었고, 얼굴에서는 조금 전과 다른 편안함이 느껴졌다.
카드를 통해서 상담한 내용은 별로 없었지만 매뉴얼에 없는 방법으로 친구가 되어 준 것이 좋은 선택이었던 것 같다. 때로는 틀에서 벗어나는 것도 하나의 방법이라는 생각이 든다.

Episode 22

/

나의 재테크

5 2 7

21 12 19

아담이브 새알 무한한 가능성

우리가 살아가는 데 가장 중요한 것은 무엇일까? 각각의 위치와 처지에 따라 중요하게 생각하는 것은 다 다를 것이다. 그러나 그 공통분모를 모아 보면 결국에는 건강, 사랑, 돈 문제로 정리가 된다.

'내가 앞으로 건강하게 살 수 있을까요?'

'사랑하는 사람과 행복하게 지낼 수 있을까요?'

'직업이나 금전적인 문제가 앞으로 잘 풀릴까요?'

생각해 보면 이런 것들은 혼자 마음먹는다고 되는 일은 아닌 것 같다. 그래서 자꾸 미래가 궁금하고 불안해지는 것인지도 모른다.

자본주의 사회에서 살아가는 우리에게 돈 문제는 빼놓을 수 없는 관심사다. 많은 사람들이 자신의 금전 흐름에 대해서 상당히 궁금해하고, 재테크를 어떤 방법으로 해야 돈을 벌 수 있을까 많이 고민한다.

“생각하고 있는 집이 있는데, 이사하려고 하는 것은 아니고 부동산 재테크로 사고 싶습니다. 그래서 그 집을 사도 좋은지, 집 값이 올라가서 팔 때도 잘 팔리는

지 전반적인 것이 궁금하네요.

이렇게 딱 떨어지는 질문을 한 사람은 평범한 모습의 중년 부인이었다. 정확한 질문을 해 줘서 내 입장에서는 질문을 다시 정리하려고 따로 설명할 필요 없이 곧바로 상담으로 들어갈 수 있었다.

그녀가 뽑은 첫 번째 마르세유 카드는 21번. 첫 장은 그 집의 상태로 느껴졌다. 숫자 카드에서 가장 높은 숫자인 21번이 나왔기 때문에, 그 집의 상태는 아주 양호하고 널찍한 꽤 괜찮은 집으로 보였다.

“화려하고 가장 큰 숫자의 그림이 나와서 그런지, 이 집은 아마도 많은 사람들이 탐내는 예쁘고 좋은 집인 것 같네요. K님도 아주 마음에 들었다고 현재 상태에 나오고 있어요.

다음은 12번 카드인데 이는 ‘기다림’이라는 매뉴얼을 가지고 있다. 그렇다면 단기간에 사고 팔 집이 아니라, 수년 이상 꾸준히 지켜보며 장기간 생각하는 투자여야 한다는 뜻이 된다.

19번 카드를 보면서 느껴진 것은 이 집의 상태와 위치가 투자 가치로 충분하다는 것이었다. 왜냐하면 19번 카드 자체가 태양을 의미하는 것이므로 밝고 희망적인 내용이 그 안에 담겨 있기 때문이다. 단지 우려되는 것은 이렇게 커다랗고 밝은 그림이라면 금전적인 부담도 함께 커진다는 것이었다. 하지만 미래를 위해서라면 도전할 가치가 있어 보였다.

“집 차체도 좋고, 또 카드에 보이는 그림으로는 위치나 채광 이런 것도 모두 양호하다는 것으로 해석되네요. 워낙 좋은 집이고 누구나 탐내고 소유하고 싶은 마음이 있는 집이라서 금전적으로 조금 부담이 될 수 있을 것 같아요. 질문하신 요지는 미래 재테크를 위해서 매매하려고 하신다고 했잖아요. 여유 자금 없이 바로 들어가 살아야 하는 거라면 부담이 되겠지만, 재테크로 봤을 때는 일단 투자를 해도 좋을 것 같은 뉘앙스는 보입니다.

암장 카드는 5번, 2번, 7번순으로 나왔는데 여기서 중요한 것은 이 카드들을 하나하나 읽어서는 안된다는 것이다. 합 카드가 나왔을 때는 그 합 카드를 한 번에 읽어야 한다. 즉 3번-4번과 2번-5번 카드가 나오면, 이들은 어떤 질문에서든 서로 합이 맞는 카드들이므로 하나로 묶어서 봐야 한다. 물론 옆 카드들이 받쳐 주지 못할 경우는 효과가 떨어지겠지만, 지금처럼 좋게 흘러갔을 때 이런 합 카드가 나오면 정말 운대가 잘 맞는 것이라고 생각할 수 있다. 이런 상황에서는 이런저런 부연적인 설명은 필요 없고 단순하게 긍정적인 결과를 말해 주면 된다.

간혹 이렇게 좋은 운을 군더더기 없이 깔끔하고 간결하게 상담해 주면 너무 깔끔하다고 이상하다는 사람들도 있다. 인생이 좀 힘들고 험난한 사람들에게는 물론 한마디라도 더 충고를 하고 위로를 하게 된다. 그런데 이렇게 '1+1=2'라고 정답이 확실하게 나오는 경우에는 무언가를 만들어서 상담하기 힘든 부분이 있다. 좋은 결과는 카운슬러도 간결하고 깔끔하게 정리해 준다는 것을 알았으면 좋겠다.

“ 투자 목적으로 이 집은 좋다고 나옵니다. 집 자체가 훌륭하다는 건 앞서 선택된 카드에서 말씀드렸죠. 이렇게 궁합이 맞는 그림들이 서로 쳐다보면서 그 집을 지켜 주고 있네요. 추진력 있게 움직이시라고 합니다. 지금 당장 이사가 목적이라면 금전적으로 부담이 될테니 조금 낮춰서 다른 곳으로 가시라고 하겠지만, 부동

산 재테크라고 하셨으니 저는 완전 찬성입니다. 정말 투자할 가치가 있어 보여요. 전체적으로 좋아 보입니다. 그림에서 아주 깔끔하게 얘기해 주고 있거든요.

이런 경우 보조 카드인 호로스코프 벨린도 아주 중요한 역할을 한다. 만약에 여기서 문제가 있다고 나오면 아쉽지만 다시 생각해 봐야 한다. 한 종류의 카드만 사용하는 것이 아니기 때문에 좋은 운이 지속되려면 두 종류의 카드가 모두 좋게 나와야 그녀의 운이 상승곡선을 타는 것이다.

첫 번째 아담이브 카드만 단독으로 설명하자면 그림처럼 궁합이 아주 좋다는 것이다. 그 위로 마르세유 카드들을 세로로 봐도 손색이 없을 정도로 좋은 집이고 투자를 해도 좋다는 뜻이 나온다.

“기분 좋고 가능성 있는 그림들이 계속 나오고 있습니다. K님하고 그 집하고 궁합이 아주 좋은가 봐요. 찰떡궁합이라고 하네요.

다음 새알 카드도 기본 뜻은 '가정'이고 안정된 기운이어서, 미래의 가정을 위해서라면 투자해도 좋다는 뜻이 된다. 그 위에 세로로도 해석해 본다면, 지금 사서 몇 년 더 가지고 있으라는 뜻이다. 왜냐하면 2번도 12번도 빨리 움직이는 뜻은 아니기 때문이다.

“투자 목적으로 본다면 시간이 가면 갈수록 더 좋아질 것 같아요. 새알이 하루아침에 부화되는 것이 아닌 것처럼 천천히 지켜본다면 더 단단하게 성장할 것입니다. 이 집을 사 두고 지켜보면 집 값은 올라갈 것 같습니다.

마지막 카드에서는 확정을 지으라는 듯이 무한한 가능성 카드가 나왔다.

이름 그대로 가능성이 무한하다는 것이다.

> “이 집을 재테크로, 투자 목적으로 해도 좋을지에 대한 질문을 깨끗하게 정리해 드리겠습니다. 이 마지막 카드에서 무한한 가능성이 있다고 하니 ‘네, 당연히 사야죠.’라고 답을 드리고 싶어요. 꼭 진행하세요.

전체적인 그림을 보니 불길한 그림은 하나도 없었고, 전부 희망적이고 안정된 그림만 펼쳐져 있어 너무 보기 좋았다. 물론 12번 카드의 느낌은 답답하지만, 주변에 있는 카드들이 받쳐 주고 깨지지 않았으므로 가능성 있게 봐야 한다. 지금 질문은 단기간이 아닌 미래의 가능성을 보는 질문이므로 길게 승부하면 좋다는 뜻으로 해석되었다.

> “재테크 종류는 여러 가지가 있잖아요. K님하고 맞는 재테크를 선택하신 것 같고, 사이즈에 딱 맞는 옷을 입은 것처럼 궁합이 맞는 집을 잘 고르셨네요. 빨리 진행하시면 좋을 것 같고요. 앞으로도 행복한 일들만 있을 것 같습니다.

좋은 행운을 읽어 줘서 고맙다며 큰 미소로 답례해 주었다. 기본적으로 성품이 좋고 순한 사람이라는 느낌이 들었다. 그래서 행운이 오는 것일까? 사람들에게는 각각 맞는 재테크와 금전운이 있을 것이다. 무리를 해서는 안 되겠지만 자신의 수준에 맞춰 풍족한 노후를 잘 준비해 갔으면 한다. 돈이 행복의 전부라고 할 수 없다지만 이 세상에는 돈 때문에 불행해지는 사람이 너무도 많으니까. 오늘만이라도, 언젠가 유행했던 ‘여러분, 부자 되세요!’라는 말을 마구마구 하고 싶다.

Episode 23

/

감언이설에 넘어가다

17

10

7

8

2

15

팬타클

부처

묶임

새알

"선생님, 안녕하세요?"

밝게 미소를 지으면서 인사를 하는데 마치 예전부터 알고 지내 왔던 것처럼 친근했다. 환한 인사를 받으니 나도 덩달아 밝아지는 느낌이었다.

"네, 안녕하세요? 무엇이 궁금해서 오셨어요?"

상담 테이블에 앉으며 가벼운 마음으로 질문을 던졌다. 그녀는 20대 특유의 에너지와 호기심 가득한 눈빛으로 주위를 둘러보았다.

"상담실이 분위기가 참 좋네요. 선생님과 잘 어울려요."

자연스럽게 일상적인 이야기를 나누고 서로에 대한 칭찬도 하면서 화기애애한 분위기를 만들어 갔다. 화제는 자연스럽게 상담 주제로 넘어갔다.

" 실은 돈 문제 때문인데요.

그녀는 본래 친절한 성품을 가지고 있는 듯, 툭 질문을 던지는 대신 '어떤 상황인지 먼저 간단하게 설명을 드릴까요?'하며 내 뜻을 물어 왔다.

" 요새 친하게 지내는 언니가 있는데요, 오늘도 자연스럽게 전화가 와서 별 생각 없이 받았어요. 그런데 첫마디가 다급하게 돈을 좀 빌려 달라는 거예요.

여기까지 들었을 때 이미 속으로 '아이쿠!'하고 외쳤다. 이건 타로 카운슬러뿐 아니라 많은 사람들이 직접 겪어 보았거나 한 번씩 들어 보았을 법한 레퍼토리다. 이런 이야기의 끝은 언제나 비슷비슷하다는 걸 모두들 경험으로 알고 있을 것이다. 그녀는 어쨌든 신나게 이야기를 이어 가고 있었다.

" 제가 돈이 있었다면 바로 빌려 줬을 텐데 저도 지금은 일을 안 하고 있는 상태라서 여유가 없었어요. 언니가 얘기하는 액수도 만만치 않았고요. 그래서 어떻게 해야 될지 고민하고 있었죠. 언니가 '주변 사람들한테라도 부탁해 보면 안 될까? 내가 좀 급해서 그래. 꼭 갚을게'라고 말하는 거예요. 순간 얼떨결에 '엄마한테 한번 부탁해 볼게'라고 했지 뭐예요. 언니랑 전화를 끊고 엄마한테 사정해서 돈을 빌렸어요. 송금해 주고 나서 생각해 보니깐, 그 언니는 이틀 있다가 미국으로 들어간다고 했거든요. 어쩐지 제가 실수를 한 것 같기도 하고 좀 불안한 마음도 들고 해서 고민 끝에 선생님한테 조언을 듣고 싶어서 급하게 온 거예요.

"돈 문제가 걸려 있어서 많이 불안할 텐데, 왜 이렇게 얼굴이 밝으세요?"
원래 성격이라면서 그녀는 시원하게 웃어 보였다. 상황에 대해서는 이 정도 듣기로 하고 이제 본격적으로 카드에서 답을 구해 보기로 했다.
기본적인 현재 상황과 그녀의 성격을 듣고 카드를 열어 보면 한결 편하게 해석된다. 그것은 당연하지만 그래도 집중해서 카드를 읽기 시작했다.
마르세유 첫 장은 2번 카드였다. 2번 카드는 금전으로 볼 때는 운이 약한 카드다. 스스로 현재 금전운이 없다는 뜻이다.

" 말씀하신 대로, O님은 지금 금전 상황이 좋지 않다고 나옵니다. 이 그림은 경제 활동으로만 봐서는 힘든 상황이라고 표현되는 그림이어서, 처음부터 돈을 빌려 주는 데 신중했어야 한다는 의미가 되겠지요.

그녀는 그래도 여전히 벙실벙실 웃고 있었다. '이렇게 낙천적인 성격이니, 참…….' 나도 모르게 긴장이 풀리면서 저절로 미소가 지어졌다.
두 번째 카드는 15번이 선택됐다. 15번 카드의 그림은 '악마', 순간 '당했구나!'하는 생각이 스쳤다. 이것은 사람 심리를 잘 이용하고 임기웅변이 아주 뛰어난 사람에게서 잘 나오는 카드다.

" 그 언니는 사람을 잘 다루는 기술이 있는 것 같아요. 사람의 심리를 잘 파악해서 가려운 곳을 긁어 줄 수 있는 분 같은데, 상대의 여린 심리를 알고 자기에게 유리하게 만들어 이용할 수 있다는 거예요. O님의 착한 마음을 이용한 것 같아요.

세 번째 카드는 펜타클 카드인데 여기서 이 카드를 해석하자면, 옆에 두 카드가 받쳐 주지 못하기 때문에 현실성이 없다는 뜻으로 봐야 한다. 현실성이 없다는 것은 빌려 준 돈을 당장은 받지 못한다는 의미로 볼 수 있다.

" 언제까지 갚는다는 말은 하지 않은 걸로 알고 있는데, 현재 분위기를 봐서는 현실성이 떨어지기 때문에 기분 좋게 빨리 받을 것 같진 않습니다.

이렇게 이야기하자 성격 좋은 그녀가 한숨을 푹 쉬며, 내 눈을 빤히 바라보는 것이었다. '아휴, 내 동생 같았으면 절대로 안 된다고 뜯어 말렸을 텐데.' 나는 이렇게 생각하며 호흡을 가다듬고 말을 이었다.

“빌려 준 돈이 O님 입장에서 봤을 때 적은 돈도 아닌 것 같고요. 이 세 장의 분위기를 봐서 처음부터 돈은 빌려 줬으면 안되었는데 벌써 일은 저질렀죠. 이제 포커스는 '조금이라도 빨리 받을 수 있는지'인데요, 현재 상황에서 안타깝게도 '현실성이 떨어진다'하고 나왔어요.

그녀는 밝은 표정이지만 지금 상황이 실은 그리 가벼운 일은 아니다. 그녀는 아직 어려서 그다지 심각하게 받아들이지 못하고 있는 것 같았다. 돈의 액수가 얼마인지는 몰라도 아직 기반이 닦이지 않은 젊은 사람에게는 그 돈이 걸림돌이 될 수도 있다.
답 카드를 열어 보며 어떤 가능성을 찾을 수 있을지 고민해 보기로 했다.
17번 카드에서도 그녀의 전반적인 금전 상황은 힘들어 보였다. 이 카드는 새어 나가는 매뉴얼을 가지고 있어서 빌려 준 돈은 바로 받기 힘든 것으로 해석된다.
좋은 쪽이면 좋은 쪽으로 가고 나쁜 쪽이면 나쁜 쪽으로 가는, 그런 영향을 많이 받는 10번 카드가 17번 카드 옆에 있기 때문에 이는 더 확실해졌다. 빌려준 돈은 빨리 못 받고 당분간 이런 식으로 계속 흘러간다는 뜻으로 10번 카드를 해석할 수 있었다.
다음 7번 카드는 두 가지로 볼 수 있는데, 돈을 빨리 받고 싶어하는 마음이거나 또는 그 언니가 멀리 갔다는 뜻이다. 이 분위기에서는 '그 언니는 돈을 빌리고 멀리 떠났다'는 해석이 더 맞을 것이다. 그로 인해 좋은 성격을 가지고 있는 그녀도 점점 시간이 지날수록 화가 나면서 날카로워진다는 뜻이 8번 카드에 나오고 있었다.

“답 카드를 풀어 보니까, 전반적으로 빨리 받지는 못할 거라고 보여 주고 있습니다. O님 돈이면 그나마 괜찮겠지만 어머니 돈이기 때문에 빨리 해결해야 될 텐데 큰일이네요. O님이 밝은 성격이긴 하지만 계속 신경 쓰고 짜증스럽게 기다리다 보면 대인 관계도 그렇고, 어머니하고도 사이가 안 좋아질 것 같아서 걱정됩니다. 신경을 많이 써서 그런지 정신적, 육체적으로도 많이 소진될 것 같습니다. 돈을 받기까지 기다림이라는 것을 반복할 거라는 그림들이 계속 나오고 있어요. '왜 빌려 줬습니까?'라는 말을 계속 하고 싶네요.

"맞아요, 오늘도 계속 어머니하고 눈도 못 마주치고 있고, 돈도 못 받을 것 같다는 생각이 들어 불안했어요."
7번 카드를 가리키며 말했다.

"그 언니는 O님한테 돈을 빌리고 짐 싸서 도망가는 것 같아요. 그분 자체가 원래 진심으로 사람을 사귀는 것 같진 않아 보이고, 처음부터 계획을 했을 지도 몰라요. 왜냐하면 머리 회전이 보통 사람하고는 다르다고 나왔거든요. 너무 잘해 줘서 역이용한 것 같아요. 자기는 미국으로 가니까 O님이 매일 전화를 할 수도 없을 테고, 이런 모든 상황을 이용한 듯하네요. 이런 정황으로 봐서도 그전의 만남도 거짓처럼 느껴져서 조금 안타깝습니다. 순간 일어난 상황이긴 하지만 O님도 어머니에게까지 부탁하신 걸 보면 잠깐 뭐에 홀렸었나 봐요.

그녀는 조금 멍한 표정을 지으며 생각에 잠겼다. 나는 이어서 8번 카드를 짚으며 답 카드의 설명을 마무리지었다.

"당분간은 계속 불안하실 거예요. 흐름으로 봐서는 냉정하게 아예 생각을 하지 않는 것이 정신적으로 좋을 것 같아요. 기대하고 있는데 소식이 없으면 더 화가 날 것이고, 아예 생각 안 하고 있는데 어느 순간 받게 되면 당연한 것을 받는 거라 해도 기쁨은 두 배가 되겠죠. 내려놓으세요. 지금은 그것이 최선의 방법인 것 같습니다.

호로스코프 벨린 카드에서는 첫 번째로 부처 카드가 나왔다. 이 카드는 종교성을 띠고 있는 것이 아니라 인내하고 기다리며 기도하라는 뜻이다. 어떤 종교든 상업성과는 거리가 멀기 때문에 이 상담의 질문과 연결해서 풀어보면 빌려 준 돈은 받기 힘들다는 뜻으로 해석된다. 그리고 부처 위의 2번 카드를 같이 보아도 돈하고는 연결이 안되는 카드다.

“ 보조 카드도 비슷하게 나오고 있습니다. 힘드시겠지만 마음을 비우고 기다리라고 합니다.

“그럼 기다리면 받을 수 있나요?”
두 번째 묶여 있는 카드에서도 지금 상황을 마무리지어 주듯이 꽁꽁 묶여서 풀리지 않는 모습을 보여 주고 있었다. 마르세유 카드에서도 결과가 안 좋게 흐르더니 여기서도 흐름이 같이 가고 있었다. 마르세유 15번 카드 밑에 묶임 카드가 연결된 것을 해석하자면, 그 언니도 가지고 있는 돈이 없다는 뜻으로도 볼 수 있다. 그쪽도 금전이 풀리지 않는다는 뜻이다.
다음으로 새알 카드가 나왔는데, 이는 그녀가 조금이나마 받고 싶은 바람이다. 새알 카드는 따뜻한 느낌이지 뜨거운 느낌은 아니어서 뭐든 큰 것은 아니다. 즉 이번의 경우 빌려 준 돈을 빠른 시일 안에, 한 번에 돌려받지는 못한다는 의미가 될 것이다.
마르세유 팬타클 카드와 이 새알 카드는 질문을 생각하지 않고 단독으로만 본다면 좋은 상황이 될 수도 있는 연결성이다. 그런데 전체적으로 카드 분위기를 보면 비현실적이다. 암장 8번 카드까지 연결해 보면 그저 빨리 결정이 나서 조금이라도 돈을 받고 싶어하는 모습으로 보였다.

“ 이제 결론을 말씀 드릴게요. 그 언니가 작정을 했든 갑자기 해결할 돈이 필요했든 간에 그 언니도 지금 사정이 좋지 않은 것으로 보여요. 그 돈은 비현실적인 돈이 된 것 같네요. 이틀 후에 지방도 아닌 미국으로 가는 언니한테 정말 친한 언니였다면 모르겠지만, 제가 느낀 뉘앙스는 그냥 아는 언니라고 들었는데, 그런 사이에 돈을 빌려 줬다는 것이 이해가 안 됩니다. 한겨울에 찬물로 벼락 맞았다고 생각할 수밖에요. 춥고 아프겠지만 빨리 정신 차리고 돈 모아서 어머니한테 갚으시고 다음에는 두 번 다시 이런 일이 없도록 하셔야 합니다.

“네에……. 다 맞는 말이에요. 내가 저지른 일이라 할 말은 없어요. 단지 받을 수 있는지가 궁금했어요. 그 언니하고는 알고 지낸지 오래되지는 않았어요. 정말로 머리가 좋고 수단이 좋아 주변 사람들에게도 인기가 많아요. 모든 사람들한테 두루두루 잘해 줘서 그냥 그 언니를 믿었어요. 그러고 보니 언제 갚을지도 얘기 안 했지만, 고맙다는 말도 듣지 못했어요.”

그녀는 쓴웃음을 지었다. 곧바로 가방을 둘러매며 자리에서 일어났다.

‘빌려 준 돈을 받을 수 있나요?’라는 질문은 종종 있다. 정상적인 거래가 아니면 카드에서도 좋게 나오지 않는다는 것을 매번 느낀다.

당연한 결과가 나올 것 같은 질문을 하는 사람들이 간혹 있는데, 그것은 혹시나 하며 행운이 있기를 기대하는 것이다. 하지만 당연한 결과가 보이는 질문은 카드에서도 역시나 당연한 이야기를 할 뿐이다.

Episode 24

/

새로운 나의 길

3

7

10

21

6

10

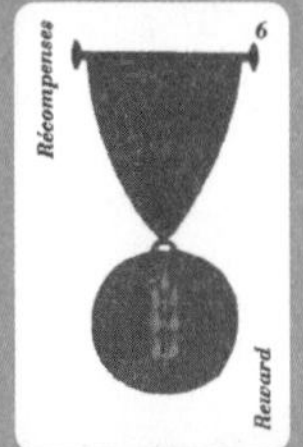

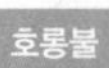

호롱불

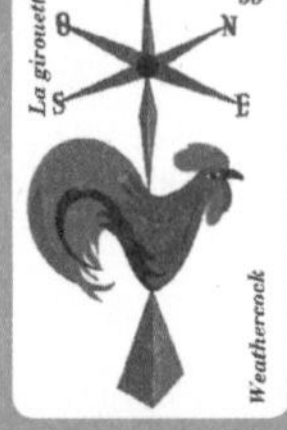

프랑스 장닭

말발굽

키가 크고 선한 이미지를 가진 남자가 들어오더니 걱정되는 목소리로 조심스레 말했다.

“새롭게 시작한 일이 있는데 그 일이 저하고 잘 맞고, 꾸준히 잘할 수 있는지가 궁금합니다. 사실 이 일을 하리라고는 정말로 꿈에도 생각 못 했는데 우연히 잡은 기회에 시작했어요. 막상 시작은 했는데 두렵기도 하고 자신감도 많이 떨어져 도움을 받고자 찾아왔습니다. 만약 이 일이 안 맞는다고 한다면, 적은 나이가 아니라서 빨리 바꾸려고 합니다.

안 맞으면 바꾼다는 말에는 솔직히 상담해 주는 입장에서 부담을 갖고 시작할 수밖에 없다. 그래도 집중해서 정성껏 상담해 준다면 만족할 것이다. 그런 생각으로 그와 소통하며 카드를 열기 시작했다.

“새로운 일을 시작했다고 하셨는데, 그럼 그 일이 본인하고 잘 맞고 결과도 좋아지는지를 지금부터 상담해 드리겠습니다. 이 노란색 카드를 질문을 잘 생각하고 집중해서 섞어서 뽑고 싶은 카드 세 장을 뽑아 주세요. 뽑힌 이 세 장의 카드는 아직 답은 아닙니다. 과거나 현재 상황을 비춰 주고 있습니다. 자, 그럼 지금 상황이 어떤지를 보겠습니다.

처음으로 21번이라는 카드가 보였다. 마르세유 첫 장에서는 그의 성격이나 상황을 이야기해 주는 것이 기본이다. 그가 가지고 있는 능력은 수학이나 사회학 쪽보다 전반적으로 예술성이 많아 보였다. 21번 카드는 '종합예술'이라는 매뉴얼이 있기 때문이다.

" 화려하고 감각적인 그림이 첫 장에서부터 나온 것은, 본인의 재능을 한마디로 함축하자면 타고난 종합적인 예술의 끼가 있습니다. 사람마다 타고난 재능은 있지만 그것을 잘 풀어서 사용하느냐 사용하지 못하느냐에 따라 인생의 흐름이 바뀌는 것 같아요. J님이 어릴 때부터 집에서 이런 것들을 잘 잡아 줬으면 좋았을 겁니다.

두 번째 6번 카드를 보면서 느낀 점은, 현재 그는 이 일을 해야 할지가 진정으로 고민인 것 같았다. 어떤 사람이든 갈등과 고민이 있을 때 단골로 나오는 6번 카드는 이렇게 설명하면 될 것이다.

" 이런 재능은 좋아 보이지만 현재 이 일에 대해서 본인이 가지고 있는 생각은 정말 고민이 많은 것같이 보입니다.

세 번째 10번 카드를 해석하자면 분명 이 일과는 전생의 인연이 있어서 선택된 것 같았다. '인연'이라는 깊은 뜻이 있는 10번 카드는 이 일과 그와의 관계를 이어 주는 것 같은 느낌을 주었다.

" 제가 보기엔 아직 새로운 일이 적응이 안 돼서 그럴 수도 있다고 봅니다. 고민은 하고 있지만 이 일을 쉽게 그만둘 것 같진 않아 보여요. 이 일과 본인은 전생의 무슨 인연이 있었는지, 인연법이 짙은 모습을 보이고 있어서 당분간은 계속 갈 것 같습니다.

선택된 마르세유 카드를 보고 현재 상황을 정리하자면, 그는 타고난 감각적인 예체능 재능이 있어 보이지만 그 일에 스스로의 확신이 없어 갈등하고 있는 모습이었다. 쉽게 그만두고 포기할 것 같은 느낌은 아니었다. 인연 카드가 그것을 증명하듯이 보여 주고 있기 때문이다.

" 현재 상황을 정리하자면, 고민되는 것은 당연하겠지만 너무 부담 갖지 마시고 일단 긍정적인 마인드로 계속 진행하려고 해 보세요. 인연이 있다고 하니까 현재 분위기는 심하게 어둡진 않아서 괜찮아 보이고요. 좀 더 깊은 답을 보기 위해서는 이 세 장의 카드를 다 더해서 수비학적으로 풀어서 답을 열어 드리겠습니다. 답을 찾는 동안 잠시만 기다려 주세요.

암장 카드를 열어 보니 눈에 띄는 카드는 10번 카드였다. 마르세유 카드하고 연결해서 보면 10번 카드가 복수로 나온 것이다. 해석할 때 항상 기본 법칙을 생각한다면 기본 상담은 충분히 할 수 있다. 여기서도 기본 법칙이 적용되는 것은 복수 카드다. 앞에서 그 일과 남자는 인연법이 있다고 설명했지만, 여기서 복수의 뜻은 인연법은 당연한 것이고 좋은 일이 급하게 진행될 수 있었다. 전체적인 마르세유 카드에서 10번 카드가 두 장이 나오면 급박하게 일이 진행되니 대비하라는 뜻이다.

그 일이 좋은 일인지, 나쁜 일인지는 옆에 나온 카드를 보고 보충 설명을 해 주면 되는데, 여기는 3번 카드와 7번 카드가 도와주고 있어서 어느 순간 갑자기 일이 잘될 것 같은 느낌이 들었다.

하루 종일 서류만 정리하고 컴퓨터만 보며 업무하는 것이라면 그와는 전혀 안 맞을 것이다. 21번, 10번, 3번과 같은 카드를 보면 꼼꼼하게 감각적인 일을 해야 될 것 같고, 서류로만 일을 한다면 무리가 있을 것 같았다. 21번 카드를 해석하자면 '내 위주로 주변에 사람이 많이 있다'고도 해석이 되므로, 사람을 상대하는 일이라면 그와 정말로 잘 맞는다고 봐야 할 것이다. 만약 그가 자심감이 떨어져서 힘들어한다면 6번 카드와 7번 카드를 보면서 이 일을 포기하지는 말고 투잡으로라도 하면서 유지하라고 조언해 줘야 할 것이다.

여기서 주의해야 할 것은 절대 이 직업이 무엇인지를 맞히려고 하지는 말아야 한다는 것이다. 기본 흐름은 말해 줘야 하지만 카운슬러가 그것을 알아내려고만 한다면 상담의 질은 얕아질 것이며, 그쪽으로만 신경 쓴다면 깊게 상담하기는 힘들어져 상담의 질이 떨어질 것이다. 중점은 직업적으로 잘 맞는지, 적응이 되는지 등의 전체적인 흐름을 봐야 한다.

" 암장을 열어 봤더니 좋은 일이 많이 생길 것 같은데요. 그 직업하고 인연은 당연히 좋은 것이지만 더 발전이 돼서 인정까지 받고, 인정까지 받는다면 자본주의 사회에서 빠져서는 안 되는 부도 따라올 것같이 보입니다. 능력을 발휘해서 업그레이드되는 상황이 조만간 올 것 같고, 워낙 재주가 있어서 남들보다 성공이 빠를 것 같습니다. 남자치고 꼼꼼하고 세심하며 사람을 상대할 때도 심리를 잘 이해하실 것 같네요. 정확히 어떤 일이라는 것은 모르겠지만 이런 성격은 이 직업에서 아주 도움이 될 것 같아요. 만약 아직도 부담이 되고 자신감이 떨어진다면 이 직업을 놓지만 마시고, 끝까지 가겠다는 생각으로 투잡을 해 보시는 것도 좋을 것 같습니다. '여왕'이라는 그림이 나왔기 때문에 왕의 모습으로 살 것 같지 신하로 살 것 같진 않아요. J님이 우려하고 두려워하던 모습들은 생각나지 않고 미래지향적으로 희망차게 답이 나오니까 저까지 기분이 좋아지려고 합니다. 이 새로운 직업에 자신감을 갖고 적극적으로 해 보십시오. 그렇게 한다면 말씀드렸던 것처럼 돈도 많이 버실 것 같습니다. 그림들을 보면서 잘될 것 같다고 느껴졌기 때문에 자신 있게 말씀드릴 수 있는 겁니다. 꼭 노력과 준비를 더해서 왕이 되시면 좋겠습니다. 그럼 추가적으로 어떤 일들이 더 있는지를 보고 마무리를 지어 드리겠습니다.

첫 장 호로스코프 벨린 카드에서도 분위기를 탔는지 따뜻하고 온화한 느낌이 있는 호롱불 카드가 나와서 이 분위기를 끌고 가고 있었다. 미래에 긍정적으로 잘 진행된다는 의미로 해석할 수 있었다.

“보시다시피 온열이 가득한 그림이 나왔어요. 안정되고 기분 좋은 그림이 위에서 설명을 더 돋보이게 해 주고 있네요. 그림들이 계속 긍정적으로 나오고 있으니까요. 서서히 이 직업을 운명으로 받아들일 준비를 하시면 좋을 것 같습니다.

두 번째 카드에서는 프랑스 장닭이 나왔는데 여기서 깊이 있게 생각해야 되는 것은 세로로 연결해서 6번 카드와 7번 카드를 보면 이 세 장의 카드의 공통점은 '외국'이라는 뜻이 있다는 것이다. 선택된 마르세유 카드 중에 첫 장인 21번 카드도 외국이라는 의미가 있기 때문에 그가 이 직업을 꾸준히만 한다면 어느 순간 해외로도 접목을 시킬 것같이 보였다. 지금 당장은 아니지만 해외 카드가 많이 나오면 꼭 연결이 될 수 있는 기운이 생길 것이다.

"이 직업을 계속 하다 보면 외국하고도 연관이 되는 비즈니스가 그려지네요. 외국이라는 그림이 선명하게 나와 있습니다. 꼭 나중에 본인의 노력으로라도 만들어 가시면 정말로 좋은 결과가 나올 것 같습니다. 머릿속으로 항상 발전된 모습을 그리면서 추진력을 발휘해 보세요.

마지막 세 번째 카드에서는 내가 가장 좋아하는 카드인 말발굽 카드가 나왔다.

"와, 대박이라는 말은 여기서 써야지 어울릴 것 같네요. 제가 제일 좋아하는 말발굽이 눈앞에서 펼쳐지고 있습니다. 제가 쓰는 카드가 유럽 카드인데 유럽에서는 종교를 떠나 이 말발굽을 행운의 부적이라고 생각하고, 옛날에 우리나라에서 집집마다 복조리를 걸어 놓았듯이 유럽에서도 많이 소장한다고 해요. 그만큼 행운이 온다는 뜻입니다. 즉 이 직업은 J님에게 행운을 가져다주는 직업으로 해석해도 될 것 같아요. 꼭 잡으시고 인내심 있게, 끈기 있게 진행하십시오.

흥분해서 외치자 남자는 얼떨떨하면서 덩달아 좋아하는 모습이었다.
결론은 이 일은 해야 할 것이다. 아니, 할 것이며 만약에 포기한다고 하더라도 그에게 행운은 다시 찾아올 것 같았다.

"아름답고 긍정적으로 펼쳐진 그림들을 보니 저도 정화되는 느낌이고 제가 J님한테 좋은 에너지를 받는 것 같아요. 본인도 좋은 얘기를 들어서 좋겠지만 저 또

한 J님의 좋은 기운을 전달하니까 시너지 효과가 일어나는 것 같아서 오늘 하루는 아주 기분 좋게 마무리할 것 같네요. 좋은 에너지를 항상 지니고 다니시면서 이 직업으로 인해서 항상 좋은 일과 복을 많이 받을 수 있도록 기원합니다. J님하고 아주 잘 맞는 직업으로 결론이 나서 너무 행복합니다. 직진하세요.

그는 살면서 이렇게 기분 좋고 상쾌하게 기운이 흘러간다는 것을 처음 느껴 본다고 하면서, 너무나 힘을 얻고 간다고 매우 기뻐했다. 설사 이 직업으로 잘 안되고 힘들어진다고 해도 후회는 안 할 자신이 있으며, 오늘 받은 상담은 정말 힘이 되는 이야기를 들어서 이제 자신감 백배로 열심히 일할 거라고 다짐을 했다.
누구나 그렇겠지만 나이를 먹고 새로운 일을 한다는 것 자체가 겁이 나고, 여기서 엎어진다면 어떻게 세상을 버텨 나가야 할지가 두려운 것이다. 그러나 이런 모든 두려움을 오늘 다 버리고 가게 되어 정말 행복하다고, 이제 여기에 노력을 더해 반드시 밝은 미래를 열어 나가겠다고 다짐하며 그는 상담실 문을 나섰다.

오늘만큼은 힘내라고 내 자신에게 격려하고 싶고 기특하다고 칭찬해 주고 싶다. 타로를 알게 되고 접한 것이 하늘에서 정해 주신 운명이라고 생각하고 지금 이 시간에도 진심으로 상담하고 있다.

마지막 에피소드는 휘 조민규 타로 카운슬러가 타로 카운슬러를 시작할 때 받았던 실제 상담으로 마무리를 지었다. 타로를 시작하고 고민했을 때, 내가 상담 받던 모습이 아직도 생생하게 기억이 난다. 힘들게 이 직업을 선택했지만 주위에서는 말리는 사람들이 대다수였다. 게다가 돈도 시간도 없는 상태에서 겨우겨우 힘들게 배워 처음에는 투잡으로 진행하다가 10년 가까이 상담하면서 현재는 인정을 받을 만큼 자리를 잡아 가고 있다. 타로 카드에서 격려해 주었듯이 지금도 추진력 있게 움직이며 해외 비즈니스로도 연결하려는 노력도 진행하고 있다.

나는 기분이 나쁘고 우울할 때 말발굽 카드를 보면 괜히 좋고 행운이 다가오는 것같이 느껴지곤 한다. 그래서 말발굽 카드를 명함으로 만들어 지갑에 항상 꽂고 다닌다. 지금은 진짜 말발굽을 지인으로부터 선물 받아 소장하고 있다.

사람들에게 명함을 주면서도 항상 이야기한다. 이 그림의 의미는 유럽에서는 행운을 불러다 주는 마크이기 때문에 꼭 지갑이나 가방에 넣고 다니라고 한다.

그렇게 내가 받은 행운을 여러분들에게 돌려주고 싶다. 그것이 나의 일이고, 항상 발전된 상담과 교육을 위해 지금도 새로운 도전을 시도한다.

TAROT

HUI, CHO MINKYU

타로 카드 매뉴얼

1 

마법사

안정된 연애는 아니다. 다재다능하다. 출발, 무한한 가능성. 호기심이 많다. 잔머리가 좋다.

2 

여자교황

소심하다. 연애운이 없는 편. 성숙한 여자. 현명하고 지혜롭다. 배우고 공부해야 한다.

3 

여왕

자존심이 세다. 도시적이고 세련된 여자. 능력을 인정받는다. 깐깐하고 정확하다. 수치개념이 정확하다.

4 

황제

가부장적이다. 무뚝뚝하다. 성실하고 책임감이 강하다. 고집이 세다. 융통성이 떨어진다.

5 

교황

애정이 약하다. 마음이 흔들린다. 업무적으로 바쁘다. 해외운이 있다. 신앙생활이 도움이 된다.

6 

연인

연인. 결혼. 상견례. 어린 아이를 상대하는 직업이 좋다. 경쟁이 심하다. 갈등하고 있다.

7 

전차

바람둥이. 양다리. 결혼까지는 아니다. 이사. 추진력. 시작. 대인관계가 좋다. 감각적인 사람

8 

정의

이별수가 있다. 다툼. 법과 관련된 직업. 공과 사가 정확하다. 결정을 내려야할 시기

9 

은자

애정운이 없다. 발전 없는 커플. 건강에 신경써라. 융통성이 없다. 지치고 힘들다. 보수적이다.

10 

운명의 수레바퀴

전생의 인연. 재혼. 변동. 변화. 감수성. 상상력. 돌고 돈다.

11 

힘

성욕이 강하다. 의처증. 의부증. 다혈질. 강한 에너지. 돈복이 있다. 자신감이 있다. 능력이 있다.

12

매달린 사람

답답한 사람. 짝사랑. 기다림. 갑갑하고 답답하다. 지출이 많다. 집중력, 지구력이 좋다.

13 

무명

애정의 굴곡이 있다. 고생. 노력하는 만큼 이룬다. 새로운 도전. 재건축. 영감 발달.

14 

절제

안절부절 못하다. 불안한 마음. 저울질을 한다. 우유부단. 예술적 재능. 경험을 더 해라.

15

악마

서로 매력을 느낀다. 재능이 있다. 연금술사. 음흉하다. 겉과 속이 다르다. 창의력이 있다.

16 

무너진 탑

이별, 별거, 이혼. 무너지고 깨진다. 실패. 시험 낙방. 지구력이 없다. 부도. 이사.

17 

별

백치미. 현모양처. 맑고 깨끗하다. 헌신한다. 봉사한다. 경제적으로 힘들다. 착하다.

18 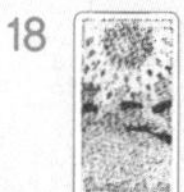

달

불륜. 삼각관계. 불확실한 미래. 상상력이 풍부하다. 순수 예술. 불면증. 가정에 문제가 있다.

19 

태양

친구 같이 통하는 사람. 결혼은 시기상조. 위치가 좋다. 좋은 학교. 좋은 직장. 이상이 높다.

20 

심판

새로운 시작. 대화가 통한다. 건강이 회복된다. 빛이 보인다.

21 

세계

주변에 이성이 많다. 행복. 완성. 예쁜 장소. 꿈이 크다.

방랑자

이별. 불안정. 자유인. 겉돈다. 이사. 이직. 현실감이 떨어진다. 구속 당하는 것을 싫어한다.

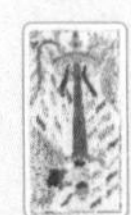

에페

싸움. 끊어지다. 예리하다. 공과 사가 명확하다. 명예가 올라간다. 사회성이 좋다. 자신감이 있다.

컵

헤어지다. 감수성이 풍부하다. 감정기복이 심하다. 감정이 깨졌다. 지출. 상처가 있다.

바통

육체적 사랑. 추진력이 있다. 다혈질. 에너지가 강하다. 뚝심있다. 의욕적이다.

팬타클

정서적 공감이 잘 된다. 돈복이 있다. 이상과 꿈이 크다. 시험운이 좋다. 밝고 긍정적이다.

타로 읽어주는 남자

초판 1쇄 펴낸날 2015년 4월 20일

지은이 조민규
구성 김정연
편집인 김은숙, 이유리
디자인 조성미

펴낸이 김은숙
펴낸곳 도란도란
(412-716) 경기도 고양시 덕양구 토당로 123, 201동 601호
전화 070-8258-6109 | 팩스 0303-3447-6109
이메일 dorandoran.book@gmail.com
페이스북 /bookdoran

출판등록 제 395-2013-000030호(2013. 02.13)

ISBN 979-11-953517-2-5 03810